Dirk & Tanja

Flugangst

… und weitere amüsante Kurzgeschichten

Andreas Tietjen

Erste Auflage 2017 TWENTYSIX, Norderstedt
Zweite Auflage 2019 BoD, Norderstedt

© 2017 – 2019 Andreas Tietjen

www.andreas-tietjen.de
www.facebook.com/andreas.tietjen

Umschlaggestaltung: Tuula Schneider, www.tuulagrafik.de
Lektorat: Katharina Fritsch

Herstellung und Verlag: BoD – Books on Demand, Norderstedt

ISBN 978-3-7481-1113-9

Ebook ASIN: B07TZ9DWGK

Printed in Germany

Wie alles begann …

Wenn sich Dirk verliebt hatte, dann rannte er wie blind durch die Gegend. Genau so, wie es viele Mitmenschen auch zu tun pflegen. Damit sei aber nicht gesagt, dass Dirk ein Durchschnittstyp war, denn wieso sollte ich meine Kurzgeschichten einem Durchschnittstypen widmen?

Tabea hieß die Auserwählte. Tabea Mutzke. Sie war schlank, hatte einen blonden Pferdeschwanz und leuchtend blaue Augen. Und sie war Dirks Kommilitonin. Er war jung und er tat alles, um ihre Aufmerksamkeit und Zuneigung zu gewinnen. An diesem Wochenende hatte er all seinen Mut zusammengenommen und den Vorsatz gefasst, ihr Herz zu erobern. Die Gelegenheit hierfür schien günstig, denn sie hatte sich angeboten, ihn in ihrem Auto zur Semesterparty im Kulturzentrum *Altes Walzwerk* mitzunehmen. Dies als Anerkennung für seine Hilfe bei der letzten Klausurarbeit. Dirk mochte keine Autos. In erster Linie weil diese mitursächlich für eine Reihe von desaströsen Fehlentwicklungen der jüngeren Zivilisationsgeschichte waren. Erst in zweiter Linie deshalb, weil sein BAföG die Anschaffung und den Unterhalt eines motorisierten Gefährts nicht erlaubte. Tabea hatte ganz andere Prioritäten und das Einkommen ihres Papas reichte sogar dafür, sie mit einem schicken Mini Cooper zufriedenzustellen.

Schon im Verlauf der Fahrt wollte das Gespräch der beiden nicht so recht in Gang kommen. Während Dirk krampfhaft nach Worten suchte, die geeignet waren, seine Gefühle die hübsche Mitstudentin betreffend, in angemessener und wirkungsvoller Weise zu konkretisieren, lamentierte die Auserwählte über ihr Aussehen, mit dem sie selbst an diesem Tag absolut unzufrieden war.

»Wer solche Probleme hat, der ist schon ziemlich privi-

7

legiert!«, mühte er sich ein Kompliment ab.

»Hä?! Wie meinst du denn das? Hältst du mich für ober-
flächlich?!«

»Nein ...!«

Pause ... Einfallslosigkeit ... Totalausfall ... Panik!

Tabea warf Dirk noch einen misstrauischen Blick zu,
fortan schaute sie nur noch mürrisch und wortlos vor sich
auf die Straße.

Dirk schwitzte, obwohl es mindestens Strickjackenwetter
war. Brav hielt er ihr die Eingangstür des Foyers auf und
folgte ihr unbeholfen in die Veranstaltungshalle, in der
die Party schon in vollem Gange war. Bereits nach weniger als drei Minuten hatte Dirk seine Angebetete aus den
Augen verloren. Sie hatte sich Küsschen gebend von
einem Bekannten zum nächsten durch die Menge
geschlängelt, wohingegen ihm selbst die nötige Durchset-
zungskraft gefehlt hatte. So blieb er unsicher und
unschlüssig am Rand der Tanzfläche stehen. Der Weg
zum riesigen Tresen am anderen Ende der Halle erschien
Dirk schon beim Hinsehen als unüberwindbares Hindernis. Die Musik war viel zu laut und außerdem nicht nach
seinem Geschmack. Schon nach ungefähr einer halben
Stunde gestand er sich selbst ein, dass dieser Abend für
ihn gelaufen war. Kurz entschlossen suchte er die Cocktailbar in einem angrenzenden Raum auf und gönnte sich
eine Piña Colada sin Alcohol. Er setzte sich in eine Sitzgruppe und belauschte ungewollt das Gespräch eines
Paares, das sich gerade in diesem Moment und ausgerechnet an diesem Ort zu trennen gedachte. Während
sie ihm eine Vorhaltung nach der anderen machte, zer-
pflückte er eine Plastikblume aus der Tischdekoration
und murmelte unentwegt: »Ich weiß nicht ... ich weiß
nicht ... ich weiß nicht!« Als sie schließlich auch nicht
mehr wusste, stand sie auf und ging ohne ein Wort des
Abschieds. Sein kurzer Ruf: »Katharina?!«, zeigte den

wenigen Anwesenden, die Kenntnis von dieser Schicksalsminute genommen hatten, dass die Trennung nun auch von seiner Seite begriffen und vollzogen worden war.

Dirk saß nun alleine in der Sitzgruppe, versuchte, den viel zu süßen Drink durch einen an der Seite eingerissenen Strohhalm zu schlürfen, indem er sich bemühte den Riss mit Finger und Daumen zu bedecken. Er beobachtete das Treiben um sich herum teilnahmslos. Was wohl Tabea jetzt machte?

»Ich weiß nicht«, sagte er kaum hörbar zu sich selbst und ihm wurde im gleichen Moment klar, dass er nicht einmal das Bedürfnis verspürte, aufzuspringen und sich auf die Suche nach ihr zu machen. Dirk holte sich eine zweite Piña Colada und setzte sich an seinen einsamen Platz zurück. Er saugte am Strohhalm und stellte fest, dass auch dieser eingerissen und damit unbrauchbar war.

Ein Mädchen nahm ihm gegenüber Platz. Es hatte gerötete Augen, einen riesigen Feuchtigkeitsfleck auf seiner Bluse und überhaupt keine Frisur. Auch in ihrem Getränk steckte ein Strohhalm, der defekt zu sein schien. Sie saugte kräftig daran, zog ihn aus dem Glas, um ihn in Augenschein zu nehmen. Kurz entschlossen schmiss sie ihn im hohen Bogen in den Raum und nahm unbeirrt einen Schluck direkt aus dem Glas.

Es war erst kurz nach zehn, als sich Dirk enttäuscht über den vertanen Abend auf den Heimweg machte. Dieser hätte so anders verlaufen sollen. Zum Schluss hatte er seine Angebetete Tabea dann doch noch wiedergesehen. Knutschend in den Armen eines Muskelidioten, dem die Rückenhaare aus dem Proletenshirt herausquollen.

Der Bus fuhr um diese Zeit nur alle dreißig Minuten und achtundzwanzig davon standen Dirk noch bevor. Ein paar besoffene hinterwäldlerische Touristen in billig gemachten Team-Shirts, pöbelten ihn an und es sah nach Regen aus. Noch zwei Minuten. Von Weiten sah Dirk eine Frau herannahen, in Jeans gekleidet, eine Jacke locker in der Hand haltend. Sie beachtete ihn gar nicht, sonder widmete sich gleich dem Busfahrplan, der durch eine Sprayattacke kaum noch lesbar war. Während sie auf ihre Armbanduhr blickte, erkannte Dirk in ihr das Mädchen, welches ihm gegenüber in der Cocktailbar gesessen hatte.

Der Bus war schon acht Minuten überfällig. Jetzt sprach sie ihn an: »Hast du ein Auto?«

Dirk schluckte überrascht.

»Äh, nein, ich steh nicht auf Spritschlucker!«

Sie musterte ihn missfällig. Wieder ein Blick auf die Uhr und bereits weitere siebzehn Minuten ohne Bus. Das Mädchen versuchte erneut, aus dem Fahrplan schlau zu werden.

»Der 610er fährt immer um fünfundzwanzig und um fünfundfünfzig«, schlaumeierte Dirk.

»Das war doch schon längst!«, erwiderte sie.

Dirk nickte stumm.

»Hast du denn wenigstens einen Führerschein, oder stehst du auch nicht auf Führerscheine?!«

»Doch, hab ich«, krächzte Dirk.

»Würdest du mich fahren? Ich habe ein Auto, kann aber nicht mehr selbst ans Steuer!«

»Ja klar, kann ich machen. Aber ich muss dann auch irgendwie nach Hause kommen. Zumindest zu einer Bushaltestelle.«

Sie einigten sich und gingen gemeinsam zurück zum Kulturzentrum, wo das Auto auf einem riesigen Parkplatz stehen sollte.

»Wie heißt du überhaupt? Ich bin Dirk.«

»Tanja«, antwortete sie knapp.

»Hi Tanja. Wo steht denn dein Wagen?«

Es dauerte einige Zeit, da Tanja überhaupt keine Ahnung

zu haben schien, wo sie ihr Fahrzeug abgestellt hatte. Es war ein 5er BMW, eine ganz schön schwere Limousine für solch ein zartes Geschöpf, wie Dirk fand. Vergeblich suchte er das Schloss für den Zündschlüssel und er war einigermaßen irritiert darüber, dass auch Tanja keinen Schimmer hatte, wo sich dies befand.

»Aber das ist schon dein Auto, oder?«, fragte er unsicher.

»Der Wagen gehört meinem Freund.«

Sie machte eine Pause. Dirk sah eine Träne die Wange herunterlaufen, die sie hektisch mit dem Handrücken wegwischte.

»Was guckst du so?! Ja verdammt, er gehört meinem Ex-Freund! Das Arschloch vögelt gerade mit so einer Pferdeschwanzblondine.«

Der BMW hatte eine schlüssellose Zündung und gemeinsam fanden sie dann auch irgendwann den Startknopf.

»Für jede Beule, die du in den Wagen fährst, zahle ich dir einen Zehner!«, hatte Tanja gesagt, bevor ihr die Tränen in die Augen stiegen.

Dirk sagte gar nichts mehr. Die Situation war zu bedrückend und das Mädchen tat ihm wirklich leid. An ihrer Wohnung angekommen, bat ihn Tanja nicht, mit hineinzukommen, sondern verabredete sich mit Dirk für den darauffolgenden Vormittag. Er sollte den BMW für seine Heimfahrt nehmen und am nächsten Tag damit zu ihr fahren. Sie würde sich um alles Weitere kümmern.

Die heiße Phase der Examenszeit war im vollen Gang. Dirk hatte schwer zu arbeiten, um seinen Abschluss ordentlich hinzubekommen. Für Tabea hingegen waren die Prüfungen ein Spaziergang. Gleich nachdem sie bestanden hatte, zog sie aus der Wohnung ihres Freundes, eines Busunternehmersohns und Besitzer eines schwarzen 5er BMW – ohne Beulen – aus, und in das Appartement des Uni-Professors ein. Dies allerdings nur für den Zeitraum von knapp einem halben Jahr, dann entschwand sie aus Dirks Blickfeld. Mit Tanja traf er sich hingegen gelegentlich. Erst zu dem einen oder anderen Cappuccino, später auch mal zu einer Theater- oder Konzertveranstaltung. Ein gutes Jahr später war Dirk im Begriff, seine erste unbefristete Stelle anzutreten. Dafür musste er knapp einhundert Kilometer entfernt in die, seiner Meinung nach, hässlichste Stadt Deutschlands ziehen. Er erwähnte dies Tanja gegenüber eher beiläufig, als sie nach dem Konzert einer Folkrockband noch in ihr Lieblingsbistro gegangen waren, um dort eine Kleinigkeit zu essen.

»Das kannst du doch nicht machen!«, protestierte Tanja.

»Doch natürlich!«, antwortete Dirk. »Das ist die Chance meines Lebens!«

Erst als er den Tränenbach Tanjas Wangen herunterrinnen sah, kam ihm der Gedanke, dass sie sich möglicherweise ineinander verliebt hatten.

Heute nun war ihr achter Kennenlerntag. Das Paar beging ihn in einem schicken italienischen Restaurant. Sie waren bereits zweimal gemeinsam umgezogen. Der letzte Umzug war vor mehr als vier Jahren von einer eher einfachen Etagenwohnung, die sich schlecht beheizen ließ, in ein kleines aber schnuckeliges Einfamilienhaus.

»Hattest du dich damals eigentlich gleich in mich verliebt?«, wollte Tanja nun wissen.

Dirk errötete.

»Wann damals?«

»Na, als wir uns an der Bushaltestelle vorm Kulturzentrum das erste Mal begegnet waren.«

»Ach da. Also ich fand, dass du toll aussahst.«

Tanja kniff die Augen zusammen.

»Weißt du denn überhaupt noch, was ich anhatte?«

»Äh ... eine Jeans.«

»Ich hatte doch bestimmt noch mehr an, als nur eine Jeans, oder willst du damit sagen, dass ich oben ohne von einer Party gekommen war?!«

»Nein, natürlich nicht! Du hattest ... eine Bluse oder so an. Genau kann ich mich nicht mehr erinnern. Du weißt doch sicherlich auch nicht mehr, was ich anhatte!«

»Eine hellblaue Jeans, ein damals schon völlig unmodernes Flanellhemd – Holzfällerhemd sagt man dazu. Dann die hellbraunen Halbschuhe, die im Keller stehen und mit Lackfarbe von unseren Türrahmen bekleckert sind.«

Dirk war sprachlos und fühlte sich ein bisschen vorgeführt.

»Hattest du dich denn in mich verliebt?«, konterte er.

»Ja, hab ich! Nicht sofort, aber ziemlich bald. Ich wollte nur nicht wieder der Esel sein, der den ersten Schritt macht und hinterher dabei zusehen muss, wie sein Freund mit einer idiotischen Blondine loszieht, die sich durch sämtliche Examen durchgevögelt hat.«

Sie stießen mit einem vorzüglichen Chianti an. Sie beugten sich über den Tisch vor und gaben sich einen Kuss.

»Ach, beinahe vergessen!«

Mit einem süffisanten Grinsen übergab Dirk seiner Freundin Tanja eine flache Schachtel, die mit einer roten Schleife verziert war.

»Oh nee, bitte keinen Schmuck! Du weißt doch, dass ich nicht auf Schmuck und Juwelen stehe!«

Sie hob den Deckel des Schächtelchens an und warf einen skeptischen Blick hinein.

»Oh! Das ist ja süß! Das du dich daran noch erinnern kannst! Danke, vielen Dank! Das ist so süß von dir!«

Tanja hielt eine Lederkette mit silbernen Applikationen und einem großen, ovalen Anhänger in der Hand und strahlte Dirk verliebt an. Sie selbst hatte ihn auf diese Idee gebracht, als sie beide vor ein paar Monaten in der

Henriette-Beelzig-Passage gegenüber dem Bahnhof, auf den Zug zu ihren Eltern warten mussten. Tanjas von Herzen kommende Freude galt nicht in erster Linie dem Schmuckstück selbst, sondern vielmehr der bewundernswerten Tatsache, dass sich Dirk dies gemerkt hatte.

Flohmarkt

Tanja stoppte abrupt an einem Stand mit Modeschmuck. Ein etwas untersetzter, ungepflegt aussehender Typ stand Zigarette rauchend hinter dem Verkaufstisch und musterte die beiden unwirsch. Er hatte Bartstoppeln im Gesicht und dort, wo man bei Menschen ein Kinn vermutet, waren diese zu einem unegalen Büschel herangewachsen. Tanja machte ihren Blick an Ohrgehängen fest, die aus silbernen Drähten bestanden, an denen unterschiedliche Perlen und Accessoires befestigt waren.

»Kann ich die mal sehen?«, fragte sie.

Der Verkäufer, der die eine Hand in der Hosentasche stecken hatte, machte mit der anderen, eine einladende Bewegung. Dabei fiel Zigarettenasche auf die Auslagen, was ihn nicht weiter kümmerte. Tanja zögerte, dann löste sie umständlich ein Schmuckpaar von der mit billigem Samtimitat beklebten Pappe. Sie hielt sich das Paar an die Ohren und wandte sich mit flehendem Lächeln Dirk zu. Der schmierige Verkäufer flippte seine Kippe hinter sich und kramte einen schmuddeligen Handspiegel hervor, den er erst an seinem altmodischen Hemd abwischte und ihr dann lustlos entgegenhielt.

»Was kosten die?«, wollte Tanja wissen.

Der Typ musterte sie stumpf.

»Sieben fünfzig«, bellte er. Erneut drehte sie sich zu ihrem Freund um. Diesmal warf sie ihm nur einen auffordernden Blick zu.

»Nun sag schon: Ja oder nein!«

»Die kleinen Kosten `nen Fünfer«, hüstelte der Verkäufer.

»Ich will keine kleinen!«, antwortete Tanja schnippisch. Sie kam sich vor, als würde ihr dieser Gossenhändler den Einkauf über sieben Euro fünfzig finanziell nicht zutrauen. Das ärgerte sie.

Dirks Augen hatten längst die nächsten Stände erfasst.

Dieses Schmuckgedöns und der unmögliche Mensch, der den Verkaufsstand betrieb, waren bei ihm nach wenigen Sekunden ausgeblendet.

»Und was kosten die Großen da?«, bohrte Tanja weiter.

»Die?«, fragte der Schmuddeltyp und sah ihr streng in die Augen. Dann betrachtete er die Objekte der Begierde, als wollte er seine Schützlinge mit den Worten trösten: »Habt keine Angst ihr Süßen. Die böse Tante kriegt euch nicht!«

»Zwölf Euro«, herrschte er die Kundin an.

»Zwölf? Wieso zwölf?«

»Das ist echtes Silber!«

»Silberdraht!«, setzte Tanja entgegen. »Das sehe ich, dass das versilberter Draht ist. Aber wieso zwölf?«

Der Verkäufer glotzte sie stur an.

»Wieso nicht. Das ist alles Handarbeit.«

»Das haben Sie gemacht?«, fragte Tanja ungläubig.

Der Typ rülpste tonlos. Er machte eine Pause, bevor er antwortete.

»Hat ein Freund gemacht. Eine Freundin.«

»Aber wieso zwölf?«, insistierte Tanja. »Das ist doch unlogisch. Fünf Euro, sieben fünfzig, dann wäre doch logisch zehn für die Großen!«

»Soll das Feilschen sein?«

Tanja platzte fast vor Empörung.

»Lass doch, wir finden solche Dinger überall!«, warf Dirk genervt ein. »Wenn der Typ partout nicht will …«

»Nein nein, das will ich jetzt genau wissen!«, beharrte Tanja und hielt ihren Freund zurück, der Anstalten machte weiter zu gehen.

»Elf«, gab der Händler nach.

»Nein nicht elf! Zehn oder gar nicht!«

Der Verkäufer zündete sich seelenruhig eine Zigarette an und steckte seine linke Hand schleunigst wieder zurück in die Hosentasche. Er besah sich seine Schätze, als wollte er sich auf keinen Fall von ihnen trennen.

»Zwei Paar für zwanzig«, hustete er.

»Ich will keine zwei Paar! Ich will nur die hier!«
Der Schmuddeltyp blies eine Rauchwolke aus und sah Tanja mit stoischer Ruhe an.

»Was haben Sie denn noch für welche?«, gab Tanja nach.

»Ich habe nur alles, was hier liegt. Ich könnte dir zwei Paar von den Mittleren für fünfzehn geben.«

»Hä? Wollen Sie mich verarschen? Die kosten doch sowieso sieben Euro fünfzig das Paar – haben Sie gesagt. Da ist es doch logisch, dass zwei Paar fünfzehn kosten!"

»Tanja komm! Das ist doch sinnlos hier!«
Dirk verlor die Geduld, doch Tanja hörte nicht auf ihn.

»Außerdem will ich keine Mittleren! Ich will die Großen hier.«
Der Verkäufer drehte sich aufwendig um und klopfte Asche von seiner Zigarette ab. Tanja beugte sich vor und nahm ein weiteres Paar Hänger in die Hand. Sie begutachtete sie und warf einen vergleichenden Blick zu den übrigen Schmuckstücken. Sie nahm das Paar, wandte sich Dirk zu und und hielt sie sich an die Ohren.

»Wie findest du die hier?«

»Beschissen und der Typ kotzt mich an! Ich möchte jetzt gerne weitergehen, wenn es dir nichts ausmacht!«
Tanja sah ihren Freund strafend an. Sie wandte sich erneut dem Verkäufer zu.

»Die beiden hier für achtzehn!«, pokerte sie.

»Zwanzig. Ich sagte zwanzig«, blaffte der zurück.
Tanja versuchte einen durchdringenden Blick, der jedoch an der Stahlbetonfassade des Händlers zerschellte. Sie zögerte noch, dann reichte sie ihm die Ohrgehänge.

»Okay zwanzig. Meinetwegen zwanzig.«
Der Verkäufer zündete erst einmal eine weitere Zigarette an der vorherigen an.

»Tüte?«

»Ja, wenn es Ihnen nichts ausmachen würde, hätte ich gerne eine Tüte.«

Umständlich fummelte der Händler mit seinen viel zu dicken, ungepflegten Fingern den filigranen Modeschmuck in ein Plastiktütchen hinein und drückte den Verschluss zusammen. Dabei versuchte er, den in seine Augen aufsteigenden Zigarettenqualm wegzublinzeln. Er reichte ihr das Tütchen und streckte die andere Hand aus, um das Geld entgegenzunehmen.

»Kann ich nicht wechseln«, lehnte er ab, als ihm Tanja einen Fünfzigeuroschein hinstreckte. Mit wütendem Blick drehte sich die junge Frau zu ihrem Freund um.

»Oh ... mein ... Gott!«, stöhnte der, zückte sein Portemonnaie und fingerte einen Zwanziger hervor.

»Lass uns bloß abhauen hier, mir reicht' s!«

Für Dirk war der Flohmarktbesuch definitiv beendet, er wollte nur noch ganz schnell heraus aus diesem Gedränge.

»Warum um Himmelswillen hast du überhaupt etwas bei diesem Arschloch gekauft?!«, fragte er sauer.

»Er hat mich provoziert!«, antwortete sie kühl.

»Er hat dich provoziert? Und dann gibst du ihm noch Geld dafür?«

»Ja ich weiß, ich hätte mich nicht auf diesen miesen Typen einlassen sollen. Aber als der so getan hatte, als wäre ich nicht in der Lage, zehn Euro für diese lächerlichen Blechdinger zu bezahlen, ist es halt mit mir durchgegangen.«

»Jetzt nennst du die Ohrringe selbst lächerliche Blechdinger? Ich glaube es nicht! Und für so einen Mist gibst du so viel Geld aus?!«

»Du hättest ja sagen können, dass sie dir nicht gefallen!«

Lesung

Missmutig nahm Tanja ihre Handtasche vom Stuhl neben sich.

»Du kommst zu spät! Mal wieder!«, raunte sie ihrem Freund Dirk zu.

»Ja entschuldige, ich hatte dir eine Message geschickt, dass die Besprechung länger dauern würde«, rechtfertigte er sich. »Ich kann dem Kunden nicht sagen, Verzeihung ich muss jetzt gehen, meine Freundin wartet in einer Lesung auf mich!«

»Pssst!«, fauchte eine Dame vom Nachbartisch energisch herüber.

Geraune, Klappern von Geschirr, ein Schnäuzen und ein asthmatisches Hüsteln füllten den Raum des *Galerie-Cafés*.

»Außerdem stand auf dem Flyer Beginn neunzehn Uhr. Jetzt ist es gerade einmal drei Minuten nach!«

»Wenn da steht Beginn neunzehn Uhr, dann heißt das, dass die um neunzehn Uhr loslegen und nicht erst anfangen, die Stühle und Tische zu rücken!«, ereiferte sich Tanja.

»Wenn auch die Herrschaften dort drüben zur Ruhe kommen würden, könnten wir jetzt anfangen«, quäkte Frau Doktor Kohlhaas-Dobriczykowski affektiert in das Mikrofon. Sie hielt eine kurze Ansprache über das Schaffen und Wirken des Kulturvereins und lud die Teilnehmer herzlich dazu ein, mit einem bescheidenen Jahresobulus in Höhe von zweihundert Euro, Fördermitglied zu werden. Anschließend hieß sie den Schriftsteller willkommen und klatschte bei seiner angedeuteten Verbeugung auffordernd in die Hände.

»Wer ist denn dieser Raffa Farain überhaupt?«, fragte Dirk im Flüsterton. »Ich hab´ den Namen noch nie gehört.«

»Du liest ja auch nicht!«

»Pssst! Könnt ihr wohl mal bitte die Klappe halten!«, tönte es von hinten.

Raffa Farain knetete seine Hände und blickte verloren aus dem Fenster. Er hatte graue, von wenigen schwarzen Strähnen durchsetzte Haare, die nach hinten gekämmt auf seinem Kragen ruhten. Die schwarze Hornbrille war mit dicken Gläsern versehen, die im unteren Drittel durch einen überdeutlichen Schliff geteilt waren. Farain trug einen eng geschnittenen grauen Anzug, dazu einen schwarzen Rollkragenpulli. Intellektuellenkluft der Siebzigerjahre.

»Sitzt hier noch jemand, oder kann ich meine Tasche da auf den Stuhl stellen?«, fragte Dirk flüsternd.

Ohne ein Wort zu sagen, richtete Tanja das umgekippte Papierschild mit dem handgeschriebenen Vermerk ›Presse‹ an dem besagten Platz auf.

Herr Farain beendete seine Knetübung und blickte mit leidendem Gesichtsausdruck ins Publikum. Es sah so aus, als ob er die Anwesenden zählte, um abschätzen zu können, ob sich seine Mühe überhaupt lohnen würde.

»Ērān Schahr – das unverstandene Persien«, murmelte der Schriftsteller und schlug das vor ihm liegende hartcovergebundene Buch auf.

»Lauter!«, rief ein korpulenter Herr von einem der hinteren Tische her.

Verstört blickte Raffa Farain auf. Er angelte nach dem Mikrofon, welches an einem ausladenden Stativ-Galgen befestigt war.

»Besser so? Piiiiieep!«

Ein junger Mann stürmte herbei und fummelte an der Tonanlage herum, bis wieder Ruhe herrschte. Raffa Farain blätterte unkonzentriert in seinem Wälzer, dann begann er aufs Neue seine Hände zu kneten, sah dabei leicht nervös aus dem Fenster. Als endlich Stille eingekehrt war, ging der riesige Koloss eines modernen

Kaffeeautomaten in den automatischen Reinigungsmodus. Erst blubberte er nur, dann zischte Dampf aus allen möglichen Düsen. Ein entsetzliches Brummen löste das zuvor gestartete Knattern ab.

»Kann mal jemand das da ...«, stammelte der Künstler. Zwei Café-Angestellte eilten zu der Maschine, fummelten daran herum, sahen sich hilflos an. Ein Gast stand auf, sprintete in gebückter Haltung hinter den Tresen und zog kurzerhand den Netzstecker des Gerätes aus der Dose. Raffa Farain, der die Szene mürrisch betrachtet hatte, wandte sich in einem neuerlichen Versuch seinem Buch zu. Hilfe suchend richtete er sich an das Publikum: »Wo war ich eben stehen geblieben?«

»Sie hatten noch gar nicht angefangen!«, antwortete Dirk stellvertretend.

Ein spitzer Ellenbogen bohrte sich in seine Seite.

Nun endlich gelang es dem Schriftsteller, ein paar Sätze aus seinem Werk vorzulesen. Die Worte hatten zunächst etwas Lyrisches, bald jedoch kippte der Monolog deutlich ins Vorwurfsvolle. Herr Farain vertrat die Auffassung, dass das persische Volk schon von den Griechen missverstanden worden war. Die Römer hingegen hatten nicht einmal den Versuch unternommen, das ehemalige persische Reich mit seinen Gottheiten und mit seiner Kultur wahrzunehmen. Für sie war es eine Kolonie wie jede andere auch, die nur dazu diente, ausgebeutet zu werden und den Machtgelüsten der Itaker zu gefallen. Dies änderte sich auch im weiteren Verlauf der Geschichte nicht, so die Auffassung des Künstlers.

Dirk gähnte. Die Tür sprang auf und ein schlaksiger Mittfünfziger in Begleitung einer korpulenten Dame im Schlabberrock und mit schlecht gefärbten roten Haaren betrat das Lokal. Die beiden fanden keine Worte oder Gesten der Entschuldigung, sondern unterhielten sich seelenruhig weiter, während sie sich durch das eng positionierte Publikum zu ihren Plätzen begaben. Madame nannte ihn Bie-Em, sollte wahrscheinlich B-Punkt-M-Punkt heißen. Wofür mochte B-Punkt-M-Punkt wohl stehen? Für bescheuerter Mistkerl? Bie-Em nahm das Schild ›Presse‹ in die Hand, winkte dem Autor zu und rief laut: »Machen sie ruhig weiter, Herr Farain! Ich bin gar nicht hier. Lassen sie sich nicht stören!«

Dirk rollte mit den Augen. Der Zeitungsmensch baute klappernd und raschelnd sein Werkzeug auf. Eine riesige Ledermappe – Kunstledermappe – die zwei Drittel des Tisches einnahm. Einer anderen Tasche entnahm er eine digitale Spiegelreflexkamera mit fünf Meter langem Teleobjektiv. Er haucht auf die Linse und putzte sie anschließend mit einem fallschirmgroßen Tuch. Der Zusatzakku für das riesige Blitzgerät wollte nicht so, wie es der Herr von der Presse wollte. Es klackte und ratschte, dass man sein eigenes Wort nicht mehr hören konnte.

»Bestellst du was?«, fragte er die gelangweilt blickende Matrone an seiner Seite.

»Also ich trinke ein Bier – wenn sich hier mal jemand blicken lässt!«, antwortete sie barsch. Sie richtete sich auf und winkte ungehobelt mit beiden Armen nach der Kellnerin. Als diese umständlich an den Tisch heranlaviert kam, polterte die Dame: »Könnten wir was bestellen!«

Ein »Pssst!« ging durch die Reihen und die Bedienung legte den beiden Kugelschreiber und Block auf den Tisch. Durch Gestikulieren machte sie klar, dass sie beides sogleich wieder abholen würde.

»Ein Bier und ein Kännchen Kaffee«, schnauzte die Begleitung des Journalisten. »Das werden Sie sich doch wohl merken können, oder?!«

Der Herr Schriftsteller unterbrach seinen Vortrag verschnupft und Dirk bat energisch um Ruhe. Die beiden Tischnachbarn würdigten ihn nicht einmal eines Blickes.

»Hören wir auch mal ein Gedicht von Ihnen?«, rief eine

Dame in den Raum hinein.

»Was? Ein Gedicht? Ich ... äh ... also ich dichte nicht!«

»Was sagte er?«

»Der Araber dichtet nicht!«, brüllte ein dicker Mann seiner greisen Begleitung ins Ohr.

Das nun war zu viel für Herrn Farain. Einen Augenblick lang überlegte er, ob er sich nicht umgehend erheben, und dieses Kleinstadtkaffee verlassen sollte.

»Persien ist nicht Arabien und Arabien ist nicht Persien!«, schnaubte er. »Wenn Sie da nicht differenzieren können, dann werden Sie meinen ganzen Vortrag nicht begreifen!«

»Ist das nicht sogar Afrika? Also ist Arabien nicht überhaupt Afrika?«, warf eine Frau in gewebtem Kostüm ein.

»Also wir haben das noch so gelernt.« Sie blickte sich triumphierend um.

»Nein!«, rief nun der Herr Schriftsteller empört. »Es ist nicht Afrika! Ist es nie gewesen! Auf was für einer Dorfschule waren Sie denn? Wenn schon, dann liegt der Iran, also Persien, in Vorderasien.«

»Na hören Sie mal! Was erlauben Sie sich. Was erlaubt sich dieser Afrikaner?«

Raffa Farain rieb sich nervös die Nasenwurzel.

»Wir sind keine Afrikaner«, sprach er wie zu sich selbst im Flüsterton. »Und wir sprechen auch nicht Arabisch, sondern Farsi.«

Noch eine Kränkung durch diese Banausen und er würde mit Sicherheit einpacken und gehen.

»Nun lasst ihn doch zum Ende kommen, damit wir nach Hause können«, warf Dirk diplomatisch ein.

»Also Dirk mir reicht es langsam!«, entrüstete sich Tanja.

»Du wolltest doch hierher gehen, ich hatte gleich gesagt, dass ich an diesem Donnerstag einen langen Tag haben würde.«

»Na dann kannst du ja gehen. Ich halte dich nicht auf! Ich bin mit dem Bus hergekommen, ich kann auch gerne mit dem Bus wieder zurückfahren!«

Das Telefon des Herrn von der Zeitung fing an, eine scheußliche Mischung aus Hip-Hop und Jodelmusik zu spielen. Mit nahezu 100 Dezibel Lautstärke, versteht sich!

»Aber glaub´ nicht, dass ich dich noch einmal mit zu einer kulturellen Veranstaltung nehme!«

»Bartholomäus Meier«, meldete sich der Journalist. »Ja. Ja. Ja. Ach was! Ja. Ja. Wo war das? Wo war das? Wo war das? Ja. Ja.«

»Halt die Klappe du Penner!«, schrie ihn Dirk an. »Geh´ gefälligst raus zum Telefonieren! Das ist hier eine Lesung und keine Telefonkonferenz!«

»Kaffee geht gerade nicht, weil die Maschine ausgeschaltet werden musste ... wegen dem da«, unterbrach die Bedienung.

Tanja lief eine Träne die Wange herunter. Raffa Farain blätterte gedankenverloren in seinem Buch.

»Geht´s hier bald mal weiter oder war es das schon?«, rief jemand aus der entgegengesetzten Ecke des Raumes.

Der Pressemann beendete sein Telefonat und betrachtete sein Display noch eine Weile lang.

»Wir müssen!«, befahl er seiner Begleiterin, die sich gerade anschicken wollte, auf Dirk loszugehen – insbesondere wegen der Betitelung ihres Bie-Em als Penner.

»Die Bürgermeisterin hat sich erhängt. Soll aber noch niemand wissen, also topsecret!«

»Na, die schafft es auch wirklich, jeden Tag in die Zeitung zu kommen! Und was ist mit dem Knilch da?«, fragte die dicke Rothaarige mit einem Kopfnicken in Richtung des Schriftstellers. Bartholomäus Meier zögerte einen Augenblick, dann riss er seine Kamera hoch und machte ein Foto von dem Perser.

»Ich sauge mir etwas aus den Fingern. Nun mach schon, wir müssen noch tanken.«

Die beiden standen mit Gepolter und Geschepper auf, Dirks Glas mit Apfelschorle kippte um und beinahe hätte es zum guten Schluss dieses Kulturabends noch eine kleine, gepflegte Keilerei gegeben.

»Ich weiß wirklich nicht, was Leute an einer Lesung finden!«, kommentierte Dirk auf dem Heimweg in seinem *Smart For Two*. Tanja hatte immer noch verweinte Augen. Sie sagte jetzt besser nichts.

Bahnsteigvorsteher

Mit ohrenbetäubendem Quietschen fuhr der ICE 553 in den Bahnhof ein. Achtzehn Minuten Verspätung, eigentlich normal, aber für Dirk einfach inakzeptabel. Ein grauhaariger, etwas untersetzter Mann in dunkelblauer Uniform stand breitbeinig am Gleis und bemühte sich die schmale Sicherheitszone hinter dem weißen Fliesenstreifen frei zu halten. Es folgte der übliche Kampf der Passagiere aus dem Inneren des Zuges, die gerne noch vor dessen erneuter Abfahrt aussteigen wollten, gegen diejenigen, die von draußen hineindrängten. Reiseunerfahrene Touristen mit Koffermonstern, die kein normal entwickelter Nordeuropäer stemmen konnte, wurden hilflos von Greisen an die Schubskante der Türen gerollt. Dort simulierten sie so lange das Anheben der Kolosse, bis sich ein entnervter Fahrgast erbarmte und die Ungetüme, mit einem deutlich vernehmbaren Knacken aus der Hüftwirbelgegend, auf den Bahnsteig wuchtete. Andere Ankömmlinge blieben erst einmal direkt nach dem Verlassen des Zuges vor der Tür stehen und suchten mit zusammengekniffenen Augen nach der Anzeigentafel. Der gleiche Pfropfeneffekt, den man am Ende nahezu jeder Rolltreppe beobachten kann, wo die nachfolgenden Personen so lange auflaufen, bis sie schließlich von den Eisenzähnen der Treppe geschreddert und in deren Katakomben gezogen werden.

Der Gleisvorsteher verharrte in stoischer Ruhe und professioneller Gelassenheit. Schon vor Jahren hatte er sich in den Energiesparmodus begeben, spätestens, nachdem er die Sinnlosigkeit jedes Einschreitens gegen die Disziplinlosigkeit seiner Kunden erkannt hatte.

»Ist das hier Wagen neun?«, rief ihn eine ältere Dame mit auffallender Sehstärke in ihren kreisrunden Brillengläsern an.

»Müssen se gucken, steht drauf!«, war die lakonische

Antwort.

Ein offensichtlich kurz vor dem Nervenzusammenbruch stehender Endvierziger bahnte sich energisch den Weg zu dem Bahnbediensteten.

»Sie!«, schrie er ihn an. »Was geht hier eigentlich vor in Ihrem Unternehmen? Ich steige in diesen Zug hier mit Ziel Duisburg und jetzt lande ich in Hannover! Wollen Sie uns Reisende verarschen?«

Der Bahnmann musterte ihn ungerührt.

»Das ist nicht mein Unternehmen, ich arbeite nur hier. Fragen Sie den Besitzer!«

»Den Besitzer?! Sie haben die Frechheit ...! Wer ist hier zuständig? Ich möchte jetzt sofort jemanden sprechen, der zuständig ist.«

Der Bahner sah gelangweilt in die andere Richtung.

»Sie!«, schrie ihn der Fahrgast erneut an.

»Na ja, ich bin hier im Moment für diesen Bahnsteigsbereich zuständig, wenn Ihnen das etwas nützt.«

»Wie soll es denn jetzt weiter gehen?« Der Mann wurde eine Nuance kleinlauter, was offenbar ausreichte, um einen Funken Mitleid bei dem Eisenbahner zu initiieren.

»Zeigen Se doch mal.«

Er streckte seine Hand nach dem ausgedruckten Online-Ticket aus, warf einen Blick auf Zahlen und Buchstaben.

»Soweit ham' Se alles richtig gemacht, Meister. Nur in den falschen Zug sind Sie eingestiegen. Der hier geht nach Berlin.«

»Aber da steht doch groß Duisburg dran.«

»Wo steht da Duisburg? Hier sehn Se mal, auf den Anzeigen steht Berlin-Ostbahnhof. Und das steht an jedem einzelnen Wagen so angezeigt.«

Der Mann schluckte. Er sah auf sein Ticket, auf das Anzeigedisplay, dann ging er ein paar Schritte zurück.

»Da! Sehen Sie selbst. Dort auf dem Triebkopf steht es groß und breit: Duisburg!«

Der Bahnsteigvorsitzende verließ widerwillig seinen Posten und folgte dem aufgebrachten Passagier.

»Ja natürlich steht da Duisburg drauf. Das ist der Name des Zuges. Die ICEs haben alle Städtenamen, dieser heißt nun mal Duisburg.«

»Aber das ist ja irreführend!«

»Na glauben Sie, der fährt von Duisburg über Duisburg nach Duisburg, wieder und wieder, Tag für Tag, weil da ja immer nur Duisburg draufsteht?! Mann, Mann, manche Leute haben Nerven!«

Kopfschüttelnd begab er sich wieder zu seinem Stammplatz.

»Julchen steig ein, Menschenskind, worauf wartest du?! Wir müssen nach links, ganz durch den Zug durch bis Wagen vierundzwanzig.«

»Sind Sie bescheuert?!«, protestierte Dirk mit hochrotem Kopf. »Mit dem ganzen Gepäck quer durch den Zug, bei dem Gedränge? Ich glaube das jetzt nicht! Warum steigen sie nicht gleich in Wagen vierundzwanzig ein?«

Eine Antwort gab es nicht, nur einen Blick; eine Mischung aus Arroganz, Gehässigkeit und Triumph.

»Musst du unbedingt mit den anderen um die Wette prollen?!«, fauchte Tanja ihren Freund an.

»Information zu ICE 553 nach Berlin-Ostbahnhof, vorgesehene Abfahrt neun Uhr einunddreißig. Wegen Störung im Betriebsablauf verzögert sich die Weiterfahrt voraussichtlich um wenige Minuten!«

»Herr Schaffner! Sagen Sie, warum ist das hier ein ICE? Auf meinem Fahrschein steht nur IC. Kann ich jetzt den hier nehmen, oder muss ich was draufzahlen, oder was jetzt?«

»Das ist hier der ICE nach Berlin, Ihrer kommt noch.«

»Aber das ist doch Gleis neun, oder bin ich zu blöd zum Lesen?«

»Ja.«

»Was ja? Gleis neun?«

»Ja, aber Ihrer kommt noch.«

»Kann ich dann hier so lange warten?«

»Was?!« Der Bahnsteigvorsteher nahm sich die Mütze vom Kopf und wischte sich mit der Hand über seine Glatze. Zum ersten Mal an diesem Tag sah er einen Reisenden an, der mit ihm redete.

Der Bahnsteig leerte sich, der Zug wartete auf das Ende der Störung im Betriebsablauf. Im Inneren der Stahlröhre war der Kampf um die Sitzplätze in vollem Gange.

»Entschuldigen Sie, wir haben hier reserviert. Die beiden Fensterplätze, 89 und 90«, sprach Tanja ein älteres Paar an. Dieses gebärdete sich so, als ob man es soeben ausplündern, und splitternackt auf die Gleise werfen wollte. Die beiden warfen sich völlig entnervte Blicke zu. Das Aufstehen fiel ihnen endlos schwer, die Jacken wollten sich auch nicht durch heftigstes Zerren von den Kleiderhaken lösen.

»Können Sie sich da vorne mal endlich setzen, damit die anderen auch zu ihren Plätzen kommen!?«, rief es von weiter hinten.

»Brauchen Sie Hilfe? Soll ich jemanden vom Zugpersonal holen?!«, bot Dirk den Platzbesetzern böse an. Die funkelten wütend mit den Augen.

»Aber das Gepäck hol ich da jetzt nicht wieder runter, ich bin froh, dass ich den Koffer da raufbekommen habe!«, bestimmte der Mann, nachdem er sich endlich bequemt hatte, den Fensterplatz freizugeben.

»Ich kann Ihnen das Zeugs gerne runterreichen, könnte aber sein, dass der Aufprall etwas heftiger wird!«, stänkerte Dirk zurück.

»Man, Dirk nun lass doch endlich!«

Dirk drehte sich jäh zu seiner Freundin um.

»Und wo soll ich unsere Koffer hinpacken, bitteschön?«, fragte er gereizt. »Soll ich sie im Gang stehen lassen und mir dann andauernd das Gezeter der Leute anhören, die darüber stolpern?!«

»Ey Ihr Pfeifen, geht's noch?! Andere Leute wollen auch noch durch!«

»Unverschämtheit!«

»Ich ruf' gleich den Schaffner!«

»Quatschen Sie nicht, gehen Sie!«

»Sie haben mich geboxt!«

»Ach Entschuldigung! Ich wollte nur meine Jacke ausziehen. Sie müssen ja nicht so drängeln!«

Die Sitze waren leider völlig vollgekrümelt. Mit Resten von Schokokeksen! Das Ergebnis der Krümelabdrücke auf heller Hose – solch einer wie auch Dirk sie trug – konnte er auf dem Hosenboden des beleidigten Herrn begutachten, den er soeben von seinem reservierten Fensterplatz vertrieben hatte.

»Scheiße!«, stöhnte Dirk.

»Was ist denn nun schon wieder?!«

»Krümel! Schokokeks-Krümel!«

»Du benimmst dich manchmal wie ein kleines Kind!«

Der Bahnsteigvorsteher bewachte immer noch die Demarkationslinie auf dem Bahnsteig.

»Entschuldigen Sie, wie herum, fährt der Zug hier?«

»Normal – mit den Rädern nach unten.«

Im Inneren des Waggons Nummer neun hatte sich die Lage noch nicht entspannt. Inzwischen hatten Kinder angefangen zu plärren, um dem »Umtschisch, Umtschisch, Umtschisch« aus diversen Ohrenstöpseln einen voluminöseren Klang entgegenzusetzen. Dirk und

Tanja hatten doch endlich Platz nehmen können, und ihre Sitznachbarn hatten die ganze Szenerie teilnahmslos beobachtet. Nun war die gegenüberliegende Vierergruppe dran.

»Entschuldigung, Sie sitzen auf unseren Plätzen«, bat eine junge Frau, die lustigen vier Herrschaften in Senioren-Pastell, die Sitze freizugeben.

»Wer? Wir? Nein ausgeschlossen!«

»Sie sitzen auf unseren Plätzen, wir haben reserviert!«

»Das kann ja gar nicht sein, wir haben nämlich auch reserviert und wir kommen schon aus Basel!«

»Das ist uns egal, wo sie herkommen!«, sprang der Partner der jungen Frau ein. »Wir haben diese Plätze hier reserviert und nun möchte ich Sie bitten, uns da sitzen zu lassen.«

»Das kann ja gar nicht sein! Sitzplätze werden ja wohl nicht mehrfach vergeben. Vielleicht irren Sie sich im Wagen!«

»Oder im Datum, hähähä!«, witzelte der Senior der Gruppe.

»Man, dann zeigen sie sich doch gegenseitig ihre Tickets, dann wissen wir es!«, mischte sich Dirk ein. Tanja sah ihn wütend an.

»Bitteschön, 93, 94, 95, 96, Wagen neun!«

»Ja-haha! Das ist hier aber Wagen zehn! Wer lesen kann, ist klar Vorteil, junger Mann!«

»Wagen neun!«, kam unisono aus mehreren Kehlen ringsherum.

»Was?! Das kann ja gar nicht sein! Wo steht denn das?«

»Da oben im Display: Wagen neun! Und nun halten Sie bitte nicht den ganzen Verkehr auf!«

Der Bahnbeamte harrte geduldig an seiner Kaimauer aus, bis ihm ein Funkanruf darüber in Kenntnis setzen würde, dass sich die Störung im Betriebsablauf ausgestört hätte.

31

»Ist das Ihr Zug?«, fragte ihn ein junger Mann in hellblauer Jeans und dünner Lederjacke, deren Ärmel er bis fast an die Ellenbogen hinaufgezogen hatte.

»Ja, wieso?«

»Nur so. Schickes Design! Ich fahre einen Ford Fokus, auch in Weiß.«

»Hau bloß ab, du …!«

Die lustigen Vier wurden von vier noch lustigeren Vieren abgelöst, die nach umständlichem Gepäckverstauen, Jacke ausziehen und Plätze tauschen, umgehend damit begannen, Spielkarten auszuteilen. Aus einer riesigen Kühltasche wurden Proseccodosen, Käseriegel und kleine Schnapsfläschchen untereinander verteilt. Es wurde geraschelt, gekrümelt, gekleckert, gekichert und das, obwohl noch lange nicht alle Sitzplätze eingenommen, und alle Passagiere irgendwie auf die schmalen Gänge verteilt waren.

»Warum fährt denn der jetzt nicht?«, ärgerte sich Tanja.

»Wegen Störung im Betriebsablauf«, schlaumeierte Dirk.

Tanja rückte ungeduldig auf ihrem Sitzplatz hin und her.

»Was ist denn?«, fragte Dirk.

»Na ich muss mal!«

»Jetzt?«

»Ja jetzt! Ich kann mir das nicht immer aussuchen.«

Tanja sah angestrengt aus dem Fenster.

»Warum gehst du dann nicht einfach? Die Züge haben heutzutage Tanks, da plätschert nicht mehr alles geradewegs auf die Gleise, wie früher einmal.«

Tanja sah weiter aus dem Fenster, wo immer noch der selbe Bahnsteig mit den selben Menschen zu sehen war.

»Ich geh' jetzt einfach!«, beschloss sie. »Würden Sie mich bitte mal durchlassen?«

Der Mann auf dem Nebensitz stand artig auf, Tanja

huschte von dannen.

»Frauen!«, lästerte Dirk und sah den Mann mit einem vielsagenden Blick an. Seine Frau, die direkt neben Dirk saß, blickte finster zurück.

Dirk rang mit einem »Entschuldigung«, schluckte dies jedoch herunter und widmete sich der Bahnzeitung ›Mobil‹. Nach einer Weile sah er auf die Armbanduhr. Nach einer weiteren Weile abermals. Er überlegte, ob er Tanja eine Textmessage schicken sollte, ob sie vielleicht Hilfe benötigte, verwarf diesen Gedanken jedoch – vorläufig. Man kann sie nicht einmal alleine auf Toilette lassen, dachte er.

Der Zug ruckte an und glitt lautlos ins Freie. Ein schlimmer Verdacht kam ihm: Seine Freundin hatte doch wohl nicht den Zug verlassen, um sich irgendwo draußen im Bahnhofsgebäude eine Toilette zu suchen? Zuzutrauen wäre es ihr. Nun wurde Dirk wirklich nervös. Und die Tickets hatte sie in ihrer Handtasche – na prima!

Es gab eine lange Lautsprecheransage, die man leider nicht verstehen konnte, weil die lustigen Reisegruppen im Zug ihre Lustigkeit in ohrenbetäubender Lautstärke ausübten.

»Was hat der gesagt, wir fahren über Dresden?«, fragte sein Schräg-Gegenüber seine Frau.

»Was Dresden? Ich habe kein Wort verstanden. Dann sind wir ja Stunden unterwegs!«

Nun mischte sich einer der indessen angesäuselten Skatspieler aus der gegenüberliegenden Sitzgruppe ein: »Wir müssen alle in Dresden übernachten, ham' Se durchgesagt. Hihihi!«

»Ja, und das Rote Kreuz baut schon Zelte und eine Suppenküche auf dem Bahnsteig auf«, ergänzte sein Kumpel, woraufhin schallendes Gelächter ausbrach – mindestens in den umliegenden acht Sitzreihen.

»Drähstn, Drähstn, wir fahren jetzt nach Drähstn!«,

grölte eine völlig betrunkene Frau von weiter vorne herüber.

»Ich dreh gleich durch hier!«, murmelte Dirk.

»Der ganze Zug stinkt nach Bier, wie eine versiffte Kneipe! Darf ich mal?«
Dirk hatte gar nicht bemerkt, dass Tanja zurückgekehrt war.

»Wo warst denn du so lange?! Was hast du denn die ganze Zeit über gemacht?«

»Na was wohl?!«

»Aber so lange? Ich dachte schon, dir wäre etwas zugestoßen! Du warst über eine halbe Stunde weg!«

»Ja entschuldige mal, im ganzen Zug gibt es nur eine einzige heile Toilette. Heile ist zu viel gesagt: nicht gesperrte Toilette. Die Klobrille liegt nur oben drauf und wackelt wie ein Lämmerschwanz. Das ist alles hier einfach nur ekelig!«

»Und um das herauszufinden, brauchst du eine halbe Stunde?«

»Nein, nicht um das herauszufinden!«, antwortete Tanja gereizt. »Was meinst du, was sich da für eine Schlange gebildet hat? In allen Waggons fliegen die Bierdosen umher und es gibt nur eine einzige Toilette. Kannst du dir vorstellen, was da los ist?! Und bei manchen Leuten weiß ich wirklich nicht, wofür die so lange brauchen!«

»Fürs Kacken! Hahaha!«, johlte ein Skatbruder. Riesengelächter.

»Getränke. Kaffee. Cola. Sandwiches!«, rief ein Servicemitarbeiter im Singsang, während er einen Bord-Trolley vor sich herschob.

»Ham' Se auch Bier?«, fragte ein Mann über Dirks Lehne hinweg.

»Wie kann der Getränke anbieten, wo alle Toiletten kaputt sind?!«, protestierte Tanja.

Dirk hatte den Kopfhörer für seinen iPod vergessen. Das Buch, welches er während der Bahnfahrt genüsslich zu lesen beabsichtigt hatte, holte er nicht einmal aus seinem Rucksack hervor. Es lohnte sich nicht, anzufangen, bei dem Tumult ringsherum.

»Das nächste Mal fahren wir wieder mit dem Auto!«, konstatierte er.

»Mit deinem *Smart?* Vierhundert Kilometer? Never!«, schnaubte Tanja.

»Das sind nur dreihundertsechzig.«

»Vergiss es!«

Umkleidekabine

»Wie lange brauchst du noch?«

Dirk trat von einem Bein auf das andere. Schatten an der Wand der Umkleidekabine zeigten ihm, dass Tanja einen Tanz in dem viel zu engen Raum vollführte, um sich in die Kleidungsstücke hineinzuzwängen. Die Tür öffnete sich einen Spalt weit.

»Komm mal bitte.«

»Was denn?«

»Nun komm doch mal her!«

Tanjas Hand hielt ihm eine schwarze Stoffhose entgegen.

»Schaust du mal, ob es die noch in achtunddreißig gibt?«, forderte sie ihren Freund auf. Dirk antwortete genervt: »Wo hängen die Dinger denn überhaupt?«

»Gleich vorne an einem der Ständer. Sonst musst du halt jemanden vom Personal fragen.«

Dirk nahm das Kleidungsstück, zögerte einen Augenblick, trottete dann jedoch brav von dannen. Lustlos drehte er an den Kleiderständern.

»Hallo! Hallo Fräulein!«, rief er einer Mitarbeiterin des Geschäftes zu, war sich aber im selben Moment darüber bewusst, dass der Ausdruck Fräulein in der heutigen Zeit schon fast einer ausgewachsenen Beleidigung gleichkam. Wie hätte er sie rufen sollen? Junge Frau? Sie war bestimmt ein-zwei Jahre älter als er selbst, da konnte man doch nicht ›junge Frau‹ sagen! Egal jetzt, er wollte endlich die Pflichtübung Klamottenkauf hinter sich bringen. Die Verkäuferin reagierte erwartungsgemäß nicht auf seine Ansprache. Wenn ich einfach zurückgehe und behaupte, dass es die Hose nicht in Größe achtunddreißig gibt, und Tanja sie beim Herausgehen dann doch dort hängen sieht, ist der Tag für mich gelaufen, überlegte Dirk. Also hieß es: Marsch zur Kasse, brav warten, bis man an der Reihe war und anschließend artig fragen. Die Kassiererin durfte ihren Platz nicht verlassen. Mit wenig Enthusiasmus für ihren schlecht bezahlten Job, zeigte sie in Richtung der Kleiderständer, an denen sich Dirk bereits eine Weile zu schaffen gemacht hatte.

»Wenn sie dort nicht mehr hängt, dann haben wir sie auch nicht mehr.«

Genervt stapfte Dirk zurück zu den Hosen. Alle waren schwarz. Schwärzlich jedenfalls. Er suchte nach den Schildern, auf denen die Größen verzeichnet waren. Diese befanden sich natürlich bei jedem Stück an einer anderen Stelle. Dirk murmelte einen schnellen Fluch, dann eilte er zurück zur Umkleidekabine, überm Arm drei verschiedene Hosen, die allesamt dem Muster, welches ihm seine Freundin in die Hand gedrückt hatte, zum Verwechseln ähnelten.

»Hier. Ich hab' gleich drei mitgebracht«, raunte er ihr zu und überreichte die Hosen. Tanja verschwand wieder hinter der halbhohen Tür.

»Dirk! Das sind ja ganz andere Hosen! So etwas sieht man doch! Und dafür hast du eine Viertelstunde gebraucht?!«

»Da hingen keine anderen Hosen mehr, dann sind die halt ausverkauft!«, rechtfertigte er sich.

Tanja öffnete die Tür.

»Soll ich jetzt selbst losgehen? Das gibt es doch nicht! Noch nicht einmal so eine einfache Aufgabe schaffst du, ohne dass ich dich an die Hand nehme! Dann fragt man halt, wenn man nicht alleine findet!«

»Ich habe ja gefragt! Die Verkäuferin meinte, wenn da am Kleiderständer keine mehr hingen, dann wären sie ausverkauft! Da hingen keine anderen Hosen in der Größe mehr als die, die ich dir mitgebracht habe.«

»Ich habe doch selbst gesehen, dass da noch welche in achtunddreißig waren, Menschenskind!«

Wütend zog sich Tanja eine Bluse über.

»Pass mal einen Moment auf meine Sachen auf!«, schnaubte sie und ging mit energischen Schritten in den Verkaufsraum. Etwa eine halbe Minute später war sie zurück und hielt Dirk die richtige Hose unter die Nase.

»Ausverkauft!«, schnauzte sie ihn erbost an.

Die Zeit wollte nicht vergehen. Eine junge Frau schlenderte an ihm vorbei und zog sich ihre Hose zurecht.

»Steht Ihnen«, bemerkte Dirk.

»Was?!«

»Die Hose. Steht Ihnen gut! Äh die Bluse ... äh beides!«

»Ich arbeite hier!«, antwortete sie verschnupft und zog kopfschüttelnd weiter.

Dirk sah betreten auf seine Armbanduhr. Es war bald achtzehn Uhr. Um zwanzig Uhr fünfzehn begann das Fußballspiel und der Wagen war ganz am anderen Ende der Innenstadt geparkt.

»Wie lange brauchst du noch? Ich kann nicht mehr stehen!«

Die Kabinentür öffnete sich und Tanjas Hand schob einen Schemel heraus. Alles klar, es würde also noch etwas dauern. Die übrigen Kabinen wurden belegt, es bildete sich eine Schlange davor. Typisch, immer kurz vor Feierabend wird es voll!

»Warum geht Ihr nicht in die Kabine dort?«, half Dirk zwei Teenagern.

»Ist für Behinderte!«, antwortete eine von ihnen lakonisch.

»Ja weil sie deutlich größer ist, als die anderen und eine Schiebetür hat.«

Die Teenies reagierten nicht auf seine Anmerkung.

»Mann, glaubt Ihr, dass da ein riesiger Abschleppwagen mit orangefarbenen Rundumleuchten kommt und Euch mitnimmt, weil Ihr in einer Behinderten-Umkleidekabine parkt? Das gibt´s doch nicht!« Er schüttelte den Kopf; die

Mädchen beachteten ihn nicht.

»Da ist noch eine Kabine frei«, rief er jetzt zum Ende der Schlange herüber. »Eine ganz große!«

Gedränge, Geschubse, dann Rückzieher.

»Was ist?!«, fragte Dirk ungläubig.

»Ist eine Behinderten-Umkleide!«, antwortete eine rundliche Mittzwanzigerin Kaugummi kauend.

Dirk hielt sich die Hand vor die Augen.

»Können Sie mir die hier in vierundvierzig holen?«, fragte ihn eine Brünette mit osteuropäischem Akzent.

»Hä? Ich bin auch nur Kunde!«

Keine Entschuldigung, nur ein Augenrollen.

Tanja trat aus ihrer Umkleidekammer heraus und zeigte sich Dirk.

»Wie findest du die?«

»Die Hose? Hattest du die nicht schon an?«

»Mann! Die Bluse!«

Dirk wiegte den Kopf.

»Ja«, sagte er zögernd.

»Also gefällt sie dir nicht!«

»Doch. Das habe ich ja gar nicht gesagt!«

Mit rollenden Augen verschwand Tanja wieder hinter der Tür.

Eine Frau kam herein, ging zu einer der Kabinen und hielt einen Pollover hoch.

»Sandra? Hier, ich hab dir das mal in L geholt.«

»Das Pullover«, kommentierte Dirk.

»Da ist eine Kabine frei geworden«, stupste einer der Teenager seine Freundin an.

»Ja, aber da hat sich ein dicker Mann drin versteckt!«, provozierte Dirk. Die Zelle blieb leer. Ein vielleicht zwölfjähriges Mädchen verließ einen Umkleideraum mit einem riesigen Berg Klamotten über dem Arm.

»Los!«, forderte eines der Teenies seine Freundin auf.

Dirk: »Da ist gerade sooo eine dicke Spinne

reingelaufen!«

Die Mädchen blickten ihn angewidert an. Ohne ein Wort zu sagen, drehten sie sich um, warfen ihre Kleidungsstücke auf den Tresen und verließen den Umkleidebereich.

»Und die? Die Bluse, falls du wieder nicht mitgekriegt hast, dass ich meine eigene Jeans anhabe!«

Tanja sah Dirk forschend an.

»Ist das nicht genau die Gleiche, die du eben schon anhattest?«

»Was?! Die ist doch ganz anders! Du musst auch hingucken, wenn du mir helfen willst!«

»Ich sehe da keinen Unterschied!«

Zack! Tanja weg, Kabinentür zu.

Als eine junge Frau aus einer weiteren Kabine heraustrat und eine ungeduldig wartende Dame hineinschlüpfen wollte, reichte ein »Oh oh!« Dirks aus, um auch sie so zu verunsichern, dass sie aufgab und den Raum verließ.

»Warum geht es denn da vorne nicht weiter?«, hörte Dirk jemanden fragen.

»Die Kabinen sind glaube ich defekt!«, antwortete ein Junge, der ebenfalls auf seine Freundin zu warten schien und nur kurz von seinem Gameboy aufsah.

»Wie defekt?«

»Weiß nicht, da will keiner reingehen!«

Immer mehr Kunden kehrten um und legten ihre Kleidungsstücke auf einen anwachsenden Haufen in der Mitte des Raums.

»Was machst du hier eigentlich die ganze Zeit über?«, fragte Tanja, als sie endlich aus ihrer Kabine heraustrat. »Unterhältst du wieder die Leute?«

Der Umkleidebereich hatte sich indessen vollends geleert. Tanja legte ihre gesamten Kleidungsstücke auf den Haufen.

»Was? Du nimmst überhaupt nichts?!«

»Gefallen mir irgendwie nicht und außerdem habe ich solche Blusen schon. Jedenfalls so in der Art.«

»Und die Hosen?«

»Ich bin mir nicht sicher. Eigentlich brauche ich gar keine neue Hose!«

Flugangst

Dirk hatte Flugangst. Er war ja auch noch nicht oft geflogen. Einmal nach Stuttgart, zur Beerdigung seiner Patentante, die unvergessliche Reise nach Vietnam vor nunmehr fünf Jahren und dann halt dreimal nach Korfu. Tanja liebte Griechenland. War ja auch schön dort. Und ausgerechnet er musste nun diesen Job bekommen, in dem es nur um Flugzeuge ging. Sein erster Arbeitstag als Flugzeugreiniger. Dirk sollte mit einem riesigen blauen Plastiksack durch die Sitzreihen gehen und den Müll der Passagiere einsammeln. Mit steifen, lilafarbenen Latex-Handschuhen. Diese Schweine! Die ganze Flugzeugkabine glich einem Trümmerfeld, so etwas hatte er noch nie zuvor gesehen. Doch – nach einem Rockfestival ... wo war das noch mal? Als sie morgens ihr Zelt abbauten, da sah die ganze Wiese um sie herum genauso aus wie diese Flugzeugkabine jetzt. Unglaublich, was Menschen für einen Dreck machen können!

Dirk bückte sich zwischen die Sitzreihen, klaubte Essensverpackungen zusammen. Das Zeug sah aus wie in einem Gelände rund um McDonalds-Restaurants herum. Sie mussten weiße, steife Stoffjacken tragen und sahen damit wie Köche aus. Wie Küchenhilfen. Er hatte die neuen Kollegen nur kurz kennengelernt, konnte sich ihre Namen nicht merken. Ein junger Mann war weiter hinten mit einem Staubsauger zugange, den hörte man bis hier vorne laut dröhnen. Die anderen hatte er aus den Augen verloren, aber jeder hatte seinen fest umrissenen Arbeitsbereich.

»Entschuldigen Sie!«, sprach ihn ein glatzköpfiger Mann an, der eine Laptoptasche in der Hand hielt, über dem Arm eine Anzugjacke.

Dirk erschrak. Wurden jetzt schon Passagiere hereingelassen? Er war doch längst nicht fertig mit seinem Bereich. Hektisch sah er sich um und suchte den

Flieger nach seinen Kollegen ab. Die Fluggäste strömten in die Kabine. Der Staubsauger war noch zu hören, also war er nicht der Letzte seiner Truppe. Sein erster Arbeitstag und dann schon solch ein Stress. Natürlich wurde man schneller, wenn man erst einmal Routine hatte. Er zwängte sich in die nächste Sitzreihe, hier sah es noch schlimmer aus als in den Reihen davor. Er bückte sich nach den Abfällen, sah Bananenschalen, angebissene Äpfel und anderes Obst aus der Sitztasche quellen. Wie ekelig! Hatte er eigentlich die Taschen der anderen Sitze gründlich abgesucht?

Langsam wurde es voll in der Maschine. Weiter vorne sah er Fluggäste den Müll einfach aus ihren Sitzreihen hinaus in den Gang werfen. Es war ihm unendlich peinlich, aber in dieser Situation war er sogar irgendwie dankbar dafür.

»Schätzchen, du stehst ein klitzekleines bisschen im Weg!«, schnauzte ihn ein Flugbegleiter an. Wie nannten die sich noch? Purser, glaubte er.

»Ich muss hier sauber machen. Ich muss noch die ganzen Reihen bis da vorne machen. Ich wusste nicht, dass die Passagiere so früh kommen!«

»Dann setz dich doch einfach mal da vorne auf einen freien Sitz und warte, bis wir hier fertig sind«, säuselte der Purser und wies mit einer gespreizten Hand hinüber zur Businessklasse.

Dirk zögerte. Wie sollte er den ganzen Rest nur schaffen? Schon wieder bedrängten ihn Passagiere mit Bergen von Gepäck.

»Sitzen machen! Dalli dalli!«, rief ihm der Flugbegleiter nachdrücklich zu.

Dirk gab die Hoffnung auf, seine Arbeit vollenden zu können. Er quetschte den Müllsack in der Bordküche in eine Schranknische und suchte sich einen Sitzplatz.

»Sie müssen sich anschnallen!«, befahl sein

Sitznachbar.

Dirk sah ihn panisch an.

»Nein, nein, ich mache hier sauber. Ich muss gleich noch den Rest machen, wenn die Passagiere alle sitzen.

»Wie machen Sie denn sauber? Haben Sie einen Putzeimer, einen Staubsauger oder irgendwas?«

Mit Schrecken fiel Dirk ein, dass er die Klapptische noch mit einem feuchten Tuch abwischen sollte. Das hatte er völlig verschwitzt. Der nasse Lappen steckte in seiner Jackentasche, jetzt fühlte er auch die kalte Nässe.

»Bleib ganz cool! Es ist dein erster Arbeitstag, die anderen können auch nicht zaubern!«, sprach er sich selbst Mut zu. Er hörte das Staubsaugergeräusch und war erleichtert.

Es gab Lautsprecheransagen in mehreren Sprachen, so genau hörte er nicht hin. Ein Blick nach hinten zeigte ihm, dass der Gang wieder frei war.

»Ich muss dann jetzt«, erklärte er seinem Sitznachbarn. Den Plastiksack hatte irgendwer beiseitegeschafft. Dirk öffnete eine Klappe nach der anderen, fand ihn jedoch nicht mehr. So ein Mist, das würde bestimmt Ärger geben!

Die Maschine begann, sich zu bewegen. Sie rollte langsam rückwärts, hielt dann abrupt an.

»Vierundzwanzig, fünfundzwanzig, sechundzwanzig. Schätzchen du stehst im Weg! Mal wieder!«, schnauzte ihn der Purser an. Dirk zwängte sich zwischen zwei Sitze und wartete ab, dass der weiter den Gang entlang lief, um seine Gäste zu zählen. Er nahm den Lappen aus seiner Jackentasche und feudelte wenigstens über die Klapptische, an die er herankam, ohne die Fluggäste zu belästigen. Das Flugzeug ruckte an, nahm Fahrt auf. Jetzt geriet Dirk wirklich in Panik. Wo sollt er jetzt hingehen? Er konnte doch nicht einfach mitten im Flieger stehen bleiben. Hinten waren alle Plätze dicht belegt. Er lief nach vorne, immer weiter nach vorne. Da, ein Sitz direkt am Gang in der mittleren Reihe. Ein Teenager sah in frech an.

»Tschuldige, ich muss mich kurz hinsetzen. Wenn wir oben sind, hau ich gleich wieder ab!«

»Arbeitest du hier?«, fragte sie kess.

»Ja. Scheiß-Job! Ist mein erster Tag!«

Sie lächelte ihn aufreizend an.

»Ich heiße Franzi.«

Sie reichte ihm die Hand.

»Dirk. Ist das deine Family?«

Franzi drehte ihren Kopf kurz prüfend zur Seite, um Dirk dann gleich wieder ihr betörendes Lächeln zu schenken.

»Yepp! Meine Eltern und mein kleiner Bruder.«

Bei dem letzten Wort schlug sie dem, vielleicht zehnjährigen Jungen mit der flachen Hand auf den Kopf, dass der sein Gesicht schmerzhaft verzerrte.

»Wie heißt dein Bruder?«, hakte Dirk nach.

»Hab' ich vergessen. Ich nenne ihn kleiner Scheißer.«

»Kleiner Scheißer, entzückend! Und wie sagst du zu deinen Eltern?«

»Na Eltern. Es sind doch Eltern, Dirkimaus!«

Sie rubbelte mit ihren Fingerknochen auf seinem Schädel. Es tat weh, aber Dirk verzog keine Mine.

Franzis Vater, ein würdig aussehender, älterer Herr in dunkelgrauem Anzug beugte sich zu Dirk herüber.

»Sie nennt uns Eltern. Das ist in unseren Kreisen so üblich.«

Seine Worte hatten nichts Belehrendes, sondern sie klangen irgendwie so, als sollten sie ihn beruhigen. Komisch dachte Dirk. Wie pflegte er eigentlich seine eigenen Eltern zu nennen? Es wollte ihm gerade nicht einfallen.

»Du solltest mit uns kommen«, sagte Franzi auffordernd und kniff ihm in die Seite. »Meine Eltern werden dich bestimmt einladen. Wir haben einen Pool.«

»Nee. Ich muss doch arbeiten.«

Irgendwie bedauerte Dirk diese Tatsache. Gleichzeitig fiel ihm Tanja ein, seine Freundin. Er konnte doch nicht einfach so wegbleiben, mit einer anderen Familie in den Urlaub fliegen. Einer Familie, von der er nur einen einzigen echten Namen kannte: Franzi. Franzi, kleiner Scheißer und Eltern. Außerdem war er ja immer noch nicht fertig mit seinem Job!

»Dirkimaus kommt mi-hit!«, sang Franzi, setzte sich auf seinen Schoß und legte die Arme um seinen Hals.

»Also um uns müssen Sie sich keine Gedanken machen, Herr Dirkimaus«, lud ihn Herr Eltern großzügig ein. Sein riesiger Schnäuzer tanzte dabei, als wenn er nur an einer Stelle angeklebt wäre. Frau Eltern äußerte sich gar nicht dazu. Vielleicht konnte sie ihn nicht hören, vielleicht interessierte sie das alles aber auch einfach nicht.

»Nee, wirklich! Ich muss noch meine Runde hier zu Ende machen und dann wieder zurück nach Hause.«

»Hast du eine Freundin?«, fragte Franzi und drückte ihre Lippen auf seine. »Jetzt hast du eine!«

Sie drängte ihre Zunge in seinen Mund. Der ganze Rachen war voll, Dirk würgte, bekam kaum noch Luft.

»Hmmmm!«, stöhnte er, versuchte, sich aus ihrer Umklammerung zu lösen.

Papa Eltern sah ihn ungerührt an.

»Also unseretwegen brauchen Sie sich wirklich keine Gedanken zu machen«, wiederholte er.

Wie schön! Dirk bekam kaum Luft, er hatte zu Hause eine Freundin, mit der er seit fast acht Jahren zusammen war und auf seinem Schoß saß eine vermutlich erst Vierzehnjährige und war im Begriff ihn zu vergewaltigen. Mit einem Ruck gelang es ihm, sich von Franzi-Monster zu lösen. Er wischte sich über den Mund.

»Hast du noch nie geküsst?«, fragte sie ungläubig.

»Ich bin doch erst einunddreißig!«, hörte er sich selbst sagen. Was für eine schwachsinnige Aussage! Wer hatte ihm das soufliert? Vielleicht wollte er sagen: »Du bist doch erst ... vierzehn – was weiß ich!?« Aber er sagte etwas ganz anderes, Sinnloses!

»Oh! Er ist erst einunddreißig! Der Arme! Er hat noch nie geküsst!« Franzi formte ihre Lippen zu einem neuerlichen Angriff. Es gelang Dirk, sich abzuwenden, doch nun glitten ihre Hände unter seine Küchenjungenjacke. Und sie waren eisig kalt! Dirk zuckte zusammen.

»Aaah!«, jammerte er.

»Dirkilein ist erst einunddreißig und wurde noch nie gekitzelt!«
Die Hände strichen frostig über Brust und Rücken, Dirk bäumte sich auf.

»Nicht die Nippel!«, schrie er.
Er riss seine Augen auf und starrte in Tanjas Gesicht.

»Hast du schon wieder Flugangst?«, fragte sie ihn besorgt.

»Ich friere und mir ist ein bisschen übel!«

»Na dann nimm dir doch die Decke! Wo hast du die denn wieder? Es lag doch auf jedem Sitz eine Decke.«

»Wo sind wir?« Dirk versuchte, das Ziffernblatt seiner Uhr zu erkennen.

»Noch eine Stunde. Auf Korfu regnet es übrigens, hat der Pilot gerade durchgesagt.«
Dirk blickte nach links über den Gang und sah, wie ihn ein Mädchen arrogant anstarrte.

»Die Zicke da drüben hat mir die ganze Zeit über die Zunge herausgesteckt!«, raunte ihm Tanja zu. Dirk nickte gedankenverloren.

»Ist ja ekelig!«

Lieblingsjacke

Dirks Ordnungssystem konnte auf eine Historie von mehrjähriger Entwicklungszeit, sowie auf regelmäßig durchgeführte Upgrades zurückblicken. Jedes Ding in seinem Arbeitszimmer hatte seinen fest zugeordneten Platz. Sein *Enterprise Content Management* wurde sorgsam in einem *Records Board* gepflegt, welches auf Langzeitarchivierung ausgelegt war, allerdings auf festgelegte Speicherzeiträume weitestgehend verzichtete. Die Logik, die hinter seinem ausgeklügelten System stand, kann man auf einen Grundgedanken verkürzen: Es lag alles herum, Dirk konnte sich aber in der Regel merken, wo er ein Ding zuletzt gebraucht, hingelegt oder gesehen hatte. Dieses intuitive Ordnungssystem war meist schneller und effektiver zu handhaben, als übliche Archivierungsmethoden, hatte jedoch den Nachteil des Totalausfalls bei Gedächtnislücken. Ließ sich irgendetwas partout nicht wiederfinden, so war Aufräumen angesagt. Eine Tätigkeit, die Dirk hasste, die ihn überforderte und die Tage, wenn nicht gar Wochen seiner Zeit in Anspruch nahm. Zeit, die er im Grunde genommen nie erübrigen konnte. Also arbeitete er mit Tricks.

»Schatz, hast du mein Kameraladegerät gesehen?«, fragte er zum Beispiel seine Freundin Tanja. Dies war eine versteckte Aufforderung an sie, ihm bei der Suche zu helfen. Als Verstärker gebrauchte er Phrasen wie: »Ich brauche die Kamera heute dringend für meinen Job!« Zweite Steigerungsform: »Der Alte schmeißt mich raus, wenn ich nachher ohne diese verdammte Kamera dastehe!«

Natürlich dachte Tanja nicht im Traum daran, Dirk bei seiner Suche zu helfen. Rhetorisch konterte sie: »Hast du schon in allen Schubladen nachgesehen?«

Diese Äußerung war nicht nur das, was er gerade in diesem Moment nicht hören wollte, sie brachte ihn auch aus seinem Überlegungsfluss. Die Strecke zum Kern dieser Frage nahm er als Rückwärtsbotschaft wahr: Nachgesehen – Schublade – deiner – hast – DU. »Du« war das Wort, welches die Verantwortung wieder zu ihm zurücktrug.

Dirk war ein Intellektueller, zumindest seiner eigenen Wahrnehmung nach. Selbstverständlich war er mit seiner Rhetorik noch lange nicht am Ende.

»Hattest du das Ladegerät nicht für dein iPad benutzt?«

»Wie bitte? Das passt doch gar nicht!«

Gut gekontert Tanja!

»Aber du probierst doch immer alle möglichen Ladegeräte aus, weil du dir nicht merken kannst, welches zu deinem iPad gehört.«

Oh, oh das klang jetzt aber gereizt! Nach gut sieben gemeinsamen Jahren war bei den beiden Rhetorik meist nicht mehr so zielführend, wie zu Anfang ihrer Beziehung, da sie in puncto Kreativität in etwa gleichauf lagen.

An diesem Tag ging es jedoch nicht um ein profanes Ladegerät, sondern um den USB-Speicherstick, auf dem Dirk seine gesamten Ausarbeitungen für den Abgleich zwischen Firmen- und Heimcomputer zu sichern pflegte. Die letzten, entscheidenden Berechnungen hatte er im Frühjahr an Wochenenden und in heimischen Spätschichten vervollständigt. Diese mussten nun, vor Verlassen der Wohnung, den früheren Arbeiten auf seinen Speicherstick hinzugefügt werden. Mit anderen Worten ging es um hochsensible Daten, die streng genommen nichts außerhalb der Firmenräume zu suchen hatten.

»Wann hast du den Stick denn zuletzt benutzt?«, fragte Tanja, in Kenntnis seines erwähnten *Enterprise Content Management*.

Dirk war in diesem Moment gerade in Gedanken bei dem Inhalt der dritten Schublade von oben. So dauerte es eine

Sekunde, bis er zu Tanja zurückgeschaltet hatte.

»Was? Äh, weiß nicht. Im April, glaube ich.«

Nun betrat er vorsichtig die von Tanja gelegte Fährte. April. Regen. Regenjacke. Die blaue Regenjacke. Rechte Tasche. Langsam übernahm seine Erinnerung die Führung.

»Wo ist meine Regenjacke?«

»Na da, wo sie immer ist. Sie hängt an der Garderobe.«

Dirk rannte los. Die Treppe hinunter, Tür auf: Garderobe.

»Tanja!!!«

Tanja hatte wenig Lust, ihm jetzt durch das ganze Haus zu folgen.

»Tanja! Die Jacke ist weg! So ein Mist, verdammter! Wer hat die Jacke ...«

Stampfend kehrte er in die oberen Räume zurück.

»Die Jacke ist weg, verdammt noch mal! Das kann doch nicht wahr sein! Ich hänge die Jacke immer genau an den Haken. Wer hat die verdammte Jacke weggenommen?!«

In ihrem günstig gemieteten Häuschen wohnten nur Tanja und Dirk. Kein Personal, kein Butler, kein Babysitter, kein mordender Gärtner. Sie waren zu zweit und seine Frage war damit eine glatte Anschuldigung.

»Was soll ich mit deiner blöden Jacke?«, konterte nun Tanja wütend.

»Na du wäscht doch meine Sachen!«

»Schlimm genug, dass du mich das wie selbstverständlich tun lässt, machst du mir jetzt auch noch einen Vorwurf daraus? Ich glaube ich spinne! Du kannst deine Klamotten in Zukunft schön selber sauber halten. Mit mir brauchst du nicht mehr zu rechnen. Nicht mit mir!«

Panisch sah Dirk auf seine Armbanduhr. Tanjas letzte Sätze verhedderten sich in seinem diffusen Gedankennetz.

»Nun überleg doch mal. Bitte! Schatz ich muss los und

ohne diesen verdammten USB-Stick bin ich aufgeschmissen. Die schmeißen mich glatt raus!«

Tanja schluckte ihre Wut herunter. Jetzt war Handeln angesagt. Kurz entschlossen nahm sie die Treppe und lief hinunter zur Garderobe.

»Na hier hängt sie doch! Bist du blind?«, schallte es herauf.

Ungläubig folgte ihr Dirk nach.

»Nein, die blaue! Die blaue Regenjacke, die ich immer trage.«

»Wir haben dir vor mehr als zwei Jahren diese hier gekauft, weil deine olle Plastikjacke unmöglich aussah. Erinnerst du dich vielleicht? Auf Fehmarn? In diesem schnuckeligen Lädchen?«

»Aber die blaue war meine Lieblingsjacke. In der habe ich dich kennengelernt!«

»Vor beinahe acht Jahren!«

»Lieblingsjacke bleibt Lieblingsjacke! Ist ja auch egal, wo hast du sie hingetan?«

»Na ich habe sie weggegeben. Du hattest sie doch schon ewig nicht mehr angezogen.«

Dirk wurde ganz mulmig zumute.

»Weggegeben? Was heißt, weggegeben? Weist du, was für sensible Daten auf dem USB-Stick sind? Wenn der in falsche Hände gerät ... ich mag gar nicht daran denken!«

Dirk setzte sich.

»Oh my god! Ich werde gefeuert. Und obendrein auch noch auf Schadensersatz verklagt!«

Jetzt versuchte es Tanja mit weiblichem Pragmatismus.

»Kannst du dir nicht die Daten von deinem Rechner auf einen anderen Stick ziehen und hoffen, dass die in Afrika aus deinem USB-Stick Modeschmuck basteln werden?«

Dirk blickte leer vor sich hin.

»Afrika? Wieso Afrika?«

»Na, weil ich die Jacke in den Altkleidercontainer

geworfen habe.«

Dirk schüttelte den Kopf. Er baute jetzt auf seine letzte Chance: auf eine Intuition.

»Warte mal. Nee, ich hatte den Anzug an!«

Wie angestochen sprang er auf und rannte ins Schlafzimmer zum Kleiderschrank. Hektisch kramte er in den Kleidungsstücken. Mit einem triumphierenden Gesichtsausdruck kehrte er zu Tanja zurück.

»Siehst du, bei meinem Ordnungssystem finde ich alles wieder. Dauert nur manchmal etwas, wenn es komplizierter ist.«

Auch Tanja war erleichtert.

»Na da kannst du aber von Glück reden, dass das Ding nicht bei der Reinigung verloren gegangen ist!«

»Reinigung?«

»Ich hatte ihn in die chemische Reinigung gegeben. Du solltest einmal zuhören, wenn ich dir etwas sage. Ich hatte dich gebeten, alle Taschen zu leeren!«

»Oh my god!«

Schlunzralle

Dirks Freund Nils war ein häufiger und gern gesehener Gast in dem Stadtrandhäuschen des Paares. Er selbst wohnte mitten in der City in einem Mietappartement im sechsten Stockwerk, was seinem ausgeprägten Interesse für die Ornithologie nicht gerade entgegenkam. Umso mehr genoss er die gelegentlich bei Tanja und Dirk verbrachten Sommerabende in deren Garten oder auf deren Terrasse. Tanja mochte Nils. Sie schätzte seine unaufdringliche, umsichtige Art und seine Genügsamkeit; er war ein Gast, um den man sich nicht sonderlich kümmern musste.

Nils war ein eher stiller Typ, manchmal vielleicht etwas zu schüchtern. An einem lauen Juniabend jedoch geriet er regelrecht aus dem Häuschen. Nur knapp drei Meter von seinem Rattansessel entfernt, erblickte er eine Schlunzralle, die auf einem Zaunpfahl saß und ihren typischen »Tschiep-Tschiep«-Warnton in die Abendstimmung hineinzwitscherte. Nils verharrte völlig regungslos und betrachtete das zarte Gefieder dieses faszinierenden Geschöpfs. Die Schlunzralle galt in Mitteleuropa als definitiv ausgestorben.

Dirk betrat die Terrasse mit einer Platte voll Grillgut und augenblicklich war der scheue Vogel auf und davon geflogen.

»Du glaubst nicht, was ich eben in deinem Garten gesehen habe!«, flüsterte Nils.

»Ja ich weiß, der Maulwurf wirft um diese Zeit immer. Ich habe schon Fallen aufgestellt und jeden Trick, den ich im Internet finden konnte, ausprobiert. Diese Wühlmonster sind einfach schlauer als wir Menschen. Aber eines Tages, werde ich ihn schon erwischen – so wie jedes Jahr!«

»Eine Schlunzralle!«

»Was? Was soll das sein? Und damit fängt man

Maulwürfe?«

»Ich habe eben eine Schlunzralle gesehen. Dort drüben auf dem Zaunpfahl. Die sind seit über zehn Jahren ausgerottet und hier bei dir im Garten habe ich eben gerade ein lebendiges Exemplar gesehen. Das ist eine echte Sensation!«

Nils konnte sich kaum beruhigen und mit Dirk und Tanjas Erlaubnis, brachte er am darauffolgenden Tag einen echten Experten des *ornithologischen Zirkels* mit. Gemeinsam drehten die beiden jeden Grashalm um, krochen in die hinterste Ecke des Gartens und robbten unter Büsche und Sträucher. Die Schlunzralle lies sich nicht blicken und der Fachmann hegte starke Zweifel an der Richtigkeit dieser bemerkenswerten Entdeckung.

»Man kann sie leicht mit dem gelbschwänzigen Mistläufer verwechseln, auch wenn das Gefieder der Schlunzralle eine eher unauffällige Farbgebung hat«, gab er zu bedenken.

Auch an den nächsten Tagen war von dem seltenen Vogel nichts zu sehen und über all die schönen und aufregenden Dinge, die ein Frühsommer noch so zu bieten hatte, vergaß man den Piepmatz wieder.

»Ich habe einen Vogel gefangen. Der sieht genau so aus, wie du ihn beschrieben hast«, rief Dirk aufgeregt in sein Telefon, welches er ungelenk in seiner linken Hand hielt.

»Was? Ich bin in fünf Minuten bei dir«, antwortete Nils und legte ohne ein weiteres Wort zu sagen, auf.

Dirk hatte bei einer Tasse Kaffee in seinem Strandkorb gesessen und angestrengt versucht, die allgemeinen Geschäftsbedingungen der *Energiewerke Süderup* zu verstehen, die als Konsortialpartner des geplanten *Solarparks Louisenberg* vorgesehen waren. Ein Schatten ließ seinen Blick auf die rechte Arretierung des Gartenmöbels werfen. Und dann sah er ihn. Keine zwei

Zentimeter neben der halb geöffneten Hand, saß der seltene Vogel und blickte in den Garten hinaus. Ein kurzer Reflex und Dirk hatte das zarte Geschöpf mit seinen Fingern umklammert. Er spürte das schnelle Pochen seines Herzens und er fühlte die Körperwärme dieses zerbrechlichen Lebewesens.

Wenige Minuten später hörte er erst das Quietschen von Autoreifen, dann das metallene Geräusch der Gartenpforte.

»Wo hast du ihn?«, rief Nils außer Atem.

»Hier in meiner Hand. Ich habe mich seit zehn Minuten nicht vom Fleck gerührt!«, antwortete Dirk.

Nils rannte zu seinem Fahrzeug zurück, um kurz darauf mit einer Art Vogelbauer zurückzukehren.

»Ich will ihn nur beringen und einen kleinen Peilsender implantieren, dann lassen wir ihn wieder fliegen«, erklärte er. »Vielleicht hat die Schlunzralle irgendwo hier ein Gelege. Wir dürfen sie auf keinen Fall nachhaltig stören.«

Gesagt, getan. Der Piepmatz bekam einen Ring, einen Sender, er wurde gewogen und von allen Seiten fotografiert. Mit den Worten: »Machs gut, mein Kleiner«, wurde ihm die Freiheit zurückgegeben.

Wochenlang verfolgten Dirk und Nils daraufhin die Bewegungen der Schlunzralle und stellten beglückt fest, dass sie in einem Feuerdornbusch an seiner Grundstücksgrenze nistete. Gleich, nachdem er von seiner Arbeit heimgekehrt war, schlüpfte Dirk in seine neu erworbene kakifarbene Ornithologenkluft und machte sich mit Fernglas, Notizbuch und dem von Nils bereitgestellten Peilempfänger auf die Suche nach seinem Liebling. Dirks Freundin Tanja war genervt und beklagte sich über fehlende Zuwendung und Beachtung.

»Wenn du willst, dass ich fürs Wochenende etwas

vorbereiten soll, dann saugst und wischt du gefälligst das Haus!«, schimpfte sie.

»Wieso, was ist denn am Wochenende?«, fragte Dirk, während er den Ausdruck seiner letzten Aufzeichnungen, den Vogel betreffend, umblätterte.

»Du erwartest Freunde, falls du das bereits vergessen haben solltest. Der Herr Hobby-Ornithologe hat großspurig angekündigt, seine Grillkünste unter Beweis zu stellen.«

Unkonzentriert fragte Dirk: »Ach, war das dieses Wochenende?«

Nun reichte es Tanja.

»Weißt du was? Von mir aus kannst du machen, was du willst. Ich kann mich auch gerne anders beschäftigen. Vor allem anderswo! Ich muss hier nicht mit deinen neuen, langweiligen Freunden den ganzen Abend rumsitzen und deine dämlichen Piepmatzgeschichten mit anhören!«

Türknallend verließ sie das Haus und machte sich zu Fuß auf zur Bushaltestelle, um sich in ihrem Lieblingsbistro mit Freundin Sylvie zu treffen.

Dirk verstand dieses deutliche Alarmsignal. Er klappte sein Notebook zu, legte den Stapel Papier beiseite und machte sich mit dem Staubsauger an die Arbeit. Irgendwann im Laufe des Tages würde seine Freundin heimkehren und dafür war es ratsam, das heimische Pflichtprogramm absolviert zu haben.

Doch genau an diesem Tag wurden die Signale des Peilempfängers deutlich schwächer, nach Einbruch der Dunkelheit verstummten sie gar ganz. Zwei Tage später erfasste der Empfänger wieder Signale, die jedoch kaum wahrnehmbar waren und bald darauf abermals erstarben. Die Schlunzralle musste ihren Nistplatz verlassen haben, schloss er und teilte diese Beobachtung seinem Freund Nils mit. Zusammen machten sie sich auf, das Tier erneut aufzuspüren und den neuen Platz zu erkunden. Dazu legten sie sich mit dem Empfänger auf die Lauer und drehten dabei die etwa einen Meter breite, an einem Kunststoffgriff befestigte Antenne in alle Himmelsrichtungen. Tagelang versuchte Dirk, den seltenen Vogel zu finden. Mal war das Signal konstant, aber schwach zu empfangen, mal war es für Tage verschwunden. Mit Nils stand er in ständigem Telefonkontakt und sobald es irgendeine Neuigkeit gab, erschien der nur Minuten später in Dirks Garten.

Dirk nahm sich eine Woche Urlaub und ging kaum noch zu Bett. Die Beziehung zu Tanja wurde auf eine ernsthafte Probe gestellt und im *Vogelfreunde-Forum* glaubte man Dirk seinen Fund nicht so recht.

»Schlunzrallen kommen heute in Mitteleuropa so gut wie gar nicht mehr vor«, bezweifelte *Meise56* seine Postings.

»Hast du Fotos von der Ralle geschossen?«, wollte *Kukuk* wissen. Hinter dem Pseudonym *Kukuk* verbarg sich ein echter Kenner der heimischen Vogelwelt, der schon häufig durch spektakuläre Fotografien von sich Reden gemacht hatte.

Dirk lud zwei seiner besten Aufnahmen des seltenen Vogels hoch und verwahrte sich gegen jegliche Zweifel am Wahrheitsgehalt seiner Berichte. Diese damit restlos auszuräumen gelang ihm jedoch nicht.

»Genau die gleichen Fotos habe ich in einem anderen Ornithologen-Forum vor Kurzem gesehen!«, behauptete *Meise56*. Dirk war genervt.

Dirk war dicht davor, die Jagd nach dem exotischen Federtier aufzugeben. Bisweilen nagten Selbstzweifel an der Wahrhaftigkeit seiner einzigartigen Entdeckung. Sollte es eine andere Spezies gewesen sein, die Nils und er irrtümlich für die seltene Schlunzralle gehalten hatten? Schließlich kannte er sich wirklich nicht besonders gut in der Vogelwelt aus, da er ja nur ein Quereinsteiger in diesem Metier war. Wieder und wieder betrachtete er die Fotos, die er schließlich selbst geschossen hatte, doch die Bilder gaben ein eindeutiges Zeugnis ab. Es war kein Trugschluss, anderenfalls wären all seine geliehenen Fachbücher Makulatur.

Dann, an einem lauen Abend, als er gerade damit beschäftigt war, ein paar schöne Bratwürste auf den Holzkohlengrill zu legen, war das Piepgeräusch des Peilsenders laut und unzweifelhaft aus dem kleinen Lautsprecher seines Empfangsgerätes zu hören. Henning, ein Mitglied des *ornithologische Zirkels*, der in diesem Sommer schon zum dritten Mal zu Gast war, hatte den Gastgeber auf das Alarmsignal aufmerksam gemacht. Dirk sprang auf, nahm das Gerät mitsamt seiner Antenne geschwind in die Hand und schlich sich behände an das vermeintliche Zielobjekt heran. Der Sender funkte eindeutig aus Richtung des Nachbargrundstücks. Dirk tastete sich vor, stolperte über ein Stück Kabel, raffte sich auf, um weiter voranzugehen. Piep, piep, piep. Das Signal wurde stärker und stärker. Voller Vorfreude und in höchster Konzentration kletterte Dirk über den Zaun, der sein Grundstück begrenzte. Jetzt bestand kein Zweifel mehr, die Schlunzralle musste sich in kürzester Distanz befinden. Nun bloß keine hastigen Bewegungen machen, die den seltenen Vogel noch aufscheuchen würden, dachte er. Just in dem Moment, als das Piepgeräusch in einen konstanten Ton überging und er sich in unmittelbarer Nähe des Senders befinden musste, strich eine zutrauliche Katze aus der Nachbarschaft schnurrend um Dirks Beine.

»Mörder-Katze!«, stieß Dirk in tiefster Enttäuschung aus und versetzte dem Tier einen Fußtritt.

Dirk schaltete das Gerät aus und kehrte über den offiziellen Gartenweg zurück zu seinen neugewonnenen Freunden.

»Fehlalarm!«, knurrte er und widmete sich wieder seinem Grillgut.

»Ich sage Euch: Die Schlunzralle ist seit den Achtzigerjahren ausgestorben«, konstatierte Henning. »In Skandinavien und in den Weiten Sibiriens soll es noch ein paar Exemplare geben, aber hier? Das würde mich schon sehr wundern!«

»Aber er hat doch Fotos gemacht. Die haben wir alle mit eigenen Augen gesehen!«, verteidigte Kurt den Kollegen.

»Tja, Fotos!«

Rechte Stimmung wollte nicht aufkommen und früher als gewöhnlich verabschiedeten sich erst die Vogelfreunde, kurz darauf auch der enttäuschte Nils von Dirk. Wenn er irgendwelche Beweise beibringen könnte. Irgendetwas. Schalen von ausgebrüteten Eiern, Federn, zur Not auch Kot, um wenigstens einen DNA-Nachweis vorlegen zu können, dachte Dirk.

Tanja kam gut gelaunt vom Besuch ihrer Freundin zurück und war etwas verwundert darüber, dass das Grilllager auf der Terrasse wie fluchtartig verlassen wirkte. Dirk saß vor der Feuerschale im Flackerlicht der Flammen und wetzte gedankenverloren das große Fleischmesser. Einen Augenblick lang stutze Tanja über den merkwürdigen Gesichtsausdruck ihres Freundes, dann gab sie ihm einen Begrüßungskuss.

»Alles in Ordnung bei dir? Sind deine Vogelfreunde heute früher gegangen?«

Dirk antwortete nicht sofort. Mit zugekniffenen Augen und einem ins Endlose reichenden Blick, fragte er seine Freundin: »Sag mal wem gehört eigentlich diese buntgemusterte Katze, die bei uns neuerdings immer herum streunt?«

Ein einziges Mal noch sollte Dirk von einer der ausgestorben geglaubten Schlunzrallen erfahren, und das kam so:

Mit Projektpräsentationen hatte Dirk in letzter Zeit so seine Probleme. Erstens war er des ständigen Reisens müde und zweitens geriet er häufig in Gewissenskonflikte zwischen seiner inneren Überzeugung und dem Unterwerfen unter die Sachzwänge seiner beruflichen Arbeit. Zudem fruchteten seine Bemühungen nicht immer in gewünschtem Maße. So hatte er bereits zum vierten Mal ganz nach Wardenbach fahren müssen, um die tausendste Detailänderung beim dortigen Stadtrat durchzuboxen. Es war letztlich wirklich nur noch um Lappalien gegangen, doch die Eitelkeiten aller Beteiligten wollten restlos befriedigt sein. Und zu diesen Beteiligten gehörte auch der bis dahin wegen Krankheit abwesende Dezernent der unteren Naturschutzbehörde, Sebastian Meyer. Der saß im großen Konferenzraum gleich neben Landrat Rose und er trug diverse kleine Pflästerchen im Gesicht. Landrat Rose erläuterte Herrn Meyer die Details, was Dirk ziemlich ärgerte. Man hatte monatelang mit dieser schwierigen Aufgabe zugebracht und nun wollte ausgerechnet der Umweltdezernent durch Inaugenscheinnahme des Aktenberges innerhalb weniger Minuten ein Urteil über alle umweltrelevanten Aspekte fällen?

»Wir können, glaube ich, noch eben in Ruhe einen Kaffee trinken gehen, was meinen Sie?«, raunte ihm Frank Wiese vom Bauamt zu.

Der Bürgermeister schloss sich ihnen kurzfristig an und so rührten die drei Herren in gemütlicher Runde in der Teeküche in ihren Kaffeepötten herum.

»Wir kriegen das Projekt noch irgendwie durch!«, sagte der Bürgermeister sarkastisch. »Spätestens, wenn mein Sohn für meine Nachfolge um das Bürgermeisteramt kandidieren wird. Dann wird die feierliche Einweihung des *Pohlfeld-Projekts* wenigstens in der Familie bleiben!«

»Jonas ist doch erst fünf – wenn ich mich nicht irre«, grinste Frank Wiese.

»Eben, somit haben wir ja noch genug Zeit!«

»Was hatte denn eigentlich der Meyer für eine Krankheit?«, fragte Dirk.

Die beiden Männer sahen sich kurz an und lachten hämisch.

»Es war ein kleiner Chemieunfall«, antwortete der Bürgermeister und Frank Wiese ergänzte: »Er hatte in seinem heimischen Mustergarten mit irgendwelchen Herbiziden herumexperimentiert. Dann gab´s einen Bums und Umwelt-Meyer lag zwischen seinem Unkraut und hat nur noch geröchelt.«

Die Indiskretion dieser drastischen Schilderung erstaunte Dirk ein wenig.

»Mit Herbiziden im eigenen Garten, verstehen Sie?«, fuhr der Bürgermeister fort. »Das klingt doch so, als wenn der Leiter der Schulaufsichtsbehörde mit Kinderpornos erwischt worden wäre.«

»Gab´s da nicht vor zwei Jahren so einen Skandal hier in Wardenbach?«

»Sollte ja auch kein Witz sein, sondern ein vergleichendes Beispiel!«

Die Tür öffnete sich und Frau Wischnewski trat ein.

»Es gibt ein Problem mit dem Entwässerungsgraben! Am besten, Sie kommen eben rüber zu den anderen.«

»Was ist denn nun schon wieder?!«, resignierte der Bürgermeister.

Im Sitzungssaal herrschte große Aufregung. Sebastian Meyer hatte sein Veto gegen das gesamte Entwässerungskonzept eingelegt. Wegen eines mutmaßlichen Nistplatzes, der bereits seit zwei-drei Jahren nicht mehr eindeutig nachweisbar gewesen war.

»Der Schwarmhämpfling ist in ganz Europa so gut wie

ausgestorben. Wir sollten uns stolz und glücklich schätzen, hier noch ein brütendes Paar beherbergen zu können.«

»Das ist doch Blödsinn!«, polterte der Bürgermeister. »Sie sind uns seit Jahren den Nachweis schuldig geblieben. Sie haben schon die Fußgängerquerung am *Eulenkamp* verhindert, weil Sie dort angeblich eine Schleichnatter gesehen haben wollen.«

»Die wollte meine Frau anfallen«, mischte sich Landrat Rose ein.

»Ja und ich habe letzte Woche in der Fußgängerzone einen Bronchitosaurier husten hören!«, lästerte Wiese. »Den ganzen Bereich sollten wir auch gleich für den Publikumsverkehr sperren und zum Biotop erklären!«

Dirks Blick wanderte von einem zum anderen und er fragte sich, ob er im Irrenhaus gelandet wäre.

»Meine Damen und Herren«, versuchte er zu beruhigen, »wir sollten besser nach Lösungen suchen und nicht nach Problemen! Ich kann Ihnen anbieten, den gesamten Bereich um das Feuchtgebiet fachgerecht sanieren und den Brutplatz des seltenen Schwarmhämpflings durch geeignete Maßnahmen sichern zu lassen. Wir arbeiten da mit einem der renommiertesten Unternehmen der Branche zusammen.«

»Und wo ist der Haken?«, fragte Landrat Rose. »Ich meine, da muss doch irgendein Haken sein, sonst hätten Sie schon längst einen Vorschlag gemacht.«

»Haken würde ich jetzt nicht direkt sagen!«, pokerte Dirk.

»So, und was ist es dann indirekt?«

Dirk sah den Bürgermeister an und zwinkerte ihm zu.

»Es könnte sein, dass Sie sich entschließen müssten, einen größeren Honorarbetrag aus dem Umweltetat abzuzweigen. Ich meine, eine dreiviertel Million mehr würde sicherlich den Projektrahmen sehr stark überdehnen.«

Die Anwesenden sahen ihn entsetzt an. Dirk nickte dem Bürgermeister nochmals diskret zu.

»Umweltetat«, sinnierte der. »Ja, richtig. Das wäre ja dann eine Naturschutzmaßnahme. Was sagten Sie, eine Million?«

»Na wir wollen mal nicht den Teufel an die Wand malen, aber man weiß ja, wie einem die Kosten aus den Händen gleiten können. Bei solch einer sensiblen Angelegenheit, wie dem seltenen Schwarmhämpfling.«

Umwelt-Meyer schluckte und kratzte sich am Kopf.

»Es gibt sicherlich Möglichkeiten, die allen Interessen gerecht werden«, gab er kleinlaut zu. »Man könnt eine Umsiedlung ... Man könnte im Rahmen eines Schulprojekts des Gymnasiums ...«

»Man könnte ein hübsches Schild aufstellen«, schlug Frank Wiese vor.

Beim Dinner im Restaurant Korfu, zu dem der Bürgermeister generös eingeladen hatte, bedankte der sich bei Dirk für seine Unterstützung.

»Ich hatte zuerst gar nicht mitbekommen, dass Sie mir zugezwinkert hatten!«

»War eine schlaue Idee mit dem Umweltetat«, pflichtete Frank Wiese bei.

»Ich kann mir nicht vorstellen, dass hier bei Ihnen in Wardenbach wirklich ein Schwarmhämpfling brütet. Ich meine, ich beschäftige mich in meiner Freizeit ein bisschen mit Ornithologie, aber der letzte Schwarmhämpfling ist in Deutschland vor über zwanzig Jahren registriert worden.«

»Genau wie die Schlunzralle«, bestätigte Frank Wiese kauend. »Umwelt-Meyer behauptet, an der *Mehlkuhle*, wo wir demnächst die neue Kläranlage bauen wollen, ein Schlunzrallenpärchen beobachtet zu haben. Lächerlich!«

Einkaufszentrum

»So sind Sie noch gefahren?«, fragte der Werkstattmeister kopfschüttelnd. »Das müssen Sie doch gehört haben!«

Dirk bekam eine rote Gesichtsfarbe.

»Ja natürlich, dass da was klappert, habe ich schon mitbekommen. Ich höre nur meistens Musik im Auto, da ist es mir halt nicht so aufgefallen.«

»Musik in einem Smart? Na ja, so können Sie auf jeden Fall nicht weiterfahren! Die elektrische Servosteuerung ist defekt und dadurch die ganze Lenkung ausgeschlagen. Wenn ich Sie so auf die Straße lasse, dann mache ich mich mit strafbar!«

Das war für Dirk die schlechteste Nachricht, die er sich überhaupt vorstellen konnte. Worst Case – praktisch der Super-GAU.

»Meine Freundin wird mich umbringen!«, stöhnte er.

»Das kann sie ja gerne tun, aber die Lenkung muss gemacht werden. Da geht kein Weg dran vorbei. Hier! Ham Se sich schon mal die Vorderreifen angesehen? Die können Sie gleich mit erneuern lassen. Wenn Sie sofort in die Werkstatt gekommen wären, dann hätten wenigstens die Reifen nichts abbekommen. Aber so isses: Da wird am falschen Ende geknausert – hält ja sicher noch `ne Weile die Karre – und dann geht ein Teil nach dem anderen kaputt. Am Ende ham' Se keinen Cent gespart – im Gegenteil!«

Dirk kratzte sich am Kopf. Die Rede, die er soeben über sich ergehen lassen musste, klang nach einer recht teuren Reparatur. Viel schlimmer jedoch wog der Umstand, dass übermorgen Tanjas Lieblingsbruder heiratete. Ganz weit da draußen in der Provinz. Genau genommen fast dreihundert Kilometer weit draußen in der Provinz. Dort, wo sich Fuchs und Hase gute Nacht sagten, und zwar ohne das vertraute Begleitorchester von Gastronomie,

Gewerbe, schnellem Internet, Bus- und Bahnverbindungen.

»Wie lange dauert die Reparatur denn?«, fragte Dirk, seiner augenblicklichen Prioritätenliste folgend.

Der Meister kicherte verächtlich.

»Wie lange das dauert? Na ja, die Reparatur an sich vielleicht zwei Stunden. Drei Stunden. Und dann noch die Reifen?« Er wiegte den Kopf.

»Also könnte ich den Wagen morgen wieder abholen«, versuchte es Dirk. Nun fing der Mechaniker an, impulsartig zu lachen.

»Morgen? Sie machen Witze was?«

Er nahm sich seine speckige Ledermütze vom Kopf und kratzte die wenigen Haare darunter.

»Aber ich brauche den Wagen ...«

»Tja, brauchen tun Se alle ihren Wagen, aber mal rechtzeitig die Mängel beheben lassen will keiner!«

»Mein Schwager heiratet doch!«

»Tja!«

»Meine Freundin bringt mich um!«, wiederholte Dirk. Nun umfasste der Meister die defekte Steuerung und rüttelte daran. Ob er sie jetzt durch Handauflegen heilen will?, fragte sich Dirk.

»Es ist ja so, dass ich die Teile erst einmal hier haben müsste. Vorher kann ich ja gar nicht anfangen zu reparieren!«

»Wie lange würde das denn dauern – günstigstenfalls?«

Wieder wiegte der Mann seinen Kopf.

»Na ja, wenn sie die da haben, dann kann´s schnell gehen. Morgen Vormittag. Wenn ich da heute überhaupt noch jemanden erreiche!«

Er blickte auf seine Armbanduhr, verglich die Zeitanzeige mit der großen Uhr, die hinten an der Werkstattwand hing, machte jedoch keinerlei Anstalten, sich in sein Büro zu begeben, um den Teiledienst, das Lager, den

Großhandel – was auch immer – anzurufen. Dirk platzte fast vor Nervosität.

»Und? Wollen wir´s versuchen?«

»Na ja, versuchen kann ich´s ja mal, aber machen Sie sich keine allzu großen Hoffnungen!«

»Klasse!«, rief Dirk aus, ballte die Fäuste und schwang sie aufmunternd.

»Also ... geh´n wir telefonieren, was?!«

Als ob er durch diesen Satz erst aufgeweckt werden musste, blickte der Meister Dirk kurz an, dann machte er sich tatsächlich auf den Weg ins Büro. Er setzte sich an seinen Schreibtisch, klapperte auf der Tastatur seines Computers herum, blinzelte, rieb sich die Nasenwurzel, kritzelte irgendwelche Hieroglyphen auf den schmutzigen Block vor sich und – endlich! – griff zum Telefonhörer. Er drückte eine Taste und wartete.

»Kann sein, dass da heute gar keiner mehr ist! Die Firma sitzt im Rheinland und da ham' Se heute Feiertag«, sagte er zu Dirk und hielt dabei die Sprechmuschel zu.

Wie idiotisch dachte Dirk. Entweder es nahm jemand ab, dann hätte er sich diese Bemerkung sparen können, oder es nahm keiner ab, dann brauchte er auch nicht die dämliche Sprechmuschel zuzuhalten!

»Was?!« Pause. »Ja. Ja, Gerd Schaffarzyck hier. Ja. Ja, du ich brauch mal einmal 85 62 55 BR und ein 26 068 091 ... was? Ja Smart. Baujahr neunundneunzig.«

»Der ist aber Baujahr zweitausendeins!«, protestierte Dirk. Der Mechaniker hielt erneut die Muschel zu.

»Ist ein Neunundneunziger. Sieht man an der Identnummer. Vielleicht Zwotausendeins zugelassen, aber Baujahr ist Neunundneunzig!«

Dieser Mistkerl von Autoverkäufer, dachte Dirk verärgert. Hat der Händler mir doch damals einen zwei Jahre alten Ladenhüter als Neuwagen angedreht!

Unterdessen ging das Telefonat weiter und Dirk schöpfte

sukzessive Hoffnung.

»Na da ham' Se aber richtig Schwein gehabt, Meister! Das kann man wohl laut sagen!«

Jetzt nannte der Graukittel ihn Meister. Hoffentlich bedeutete dies nicht, dass er mit den Ersatzteilen unterm Arm sehen sollte, wie er sein Töfftöff selbst repariert bekam.

»Und? Wann kommen die Teile?« Dirk war jetzt ganz hibbelig.

»Na ja, wenn nicht noch was schief geht, haben wir sie morgen Vormittag gegen zehn.«

»Da darf nichts schief gehen! Bitte, bitte!« Letzteres Flehen war bereits taktisches Geplänkel um den Werkstattmenschen nicht zuletzt auf die Idee kommen zu lassen, dass am darauffolgenden Tag aber zunächst noch fünfzig vorangemeldete Autos repariert werden mussten. Nun huschte dem eisenharten Meister tatsächlich ein Lächeln übers Gesicht.

»Jaja, ich weiß. Sonst bringt Sie Ihre Frau um, das kenne ich schon!«

Der vorläufige stimmungsmäßige Höhepunkt nach dem ursprünglichen Katastrophentief war, dass der Mechaniker ihm wirklich zusagte, den Smart bis zum nächsten Tag, noch vor Feierabend, fertig zu bekommen. Das könnte klappen, dachte Dirk. Wir müssen dann zwar in der Dunkelheit über die Landstraße fahren und werden wohl ziemlich spät ankommen, aber die Hochzeit selbst werden wir nicht verpassen.

Nun war nur noch zu klären, wie er ohne eigenes Fahrzeug nach Hause kam. Die Werkstatt lag ganz weit außerhalb der Stadt in einem Gewerbegebiet.

»Gibt es hier einen Bus, oder so was?«, fragte er dem Mann.

»Ja, so was ham' wa hier! Da müssen Se da vorne links und dann bei *Schmierstoff-Bölzig* vorbei. Ist so eine große blaue Lagerhalle, müssen Se gesehen haben. Dann noch ein Stückchen weiter und dann auf der rechten Seite. Der Sechser und der Vierundzwanziger fahren hier.«

Dirk bedankte sich nochmals überschwänglich und wollte gerade losmarschieren, als ihn der Meister noch einmal zurückhielt.

»Was ist denn jetzt mit den Reifen? Mitmachen oder nicht mitmachen? So können Se auf jeden Fall nicht fahren!«

Dirk entschied sich für Mitmachen. Die ganze Reparatur würde sowieso ein kleines Vermögen kosten, also kam es auf zwei neue Reifen jetzt auch nicht mehr an.

Als überzeugter Nutzer öffentlicher Verkehrsmittel hatte Dirk selbstverständlich eine ÖPNV-App für sein Smartphone. Während des Gehens gab er Startpunkt und Ziel in sein iPhone ein und ließ sich die günstigste Busverbindung anzeigen. Es stand allerdings nur eine einzige Möglichkeit zur Auswahl, sodass es keinerlei Entscheidungsspielraum gab. Es kam nur Variante eins von eins infrage, und die bedeutete, dass er erst einmal eine Viertelstunde lang in eine völlig falsche Richtung fahren musste, um danach vierzig Minuten mit einem weiteren Bus in die richtige zu reisen. Dazwischen lag zudem eine Wartezeit von vierundvierzig Minuten – bei strömendem Regen! Zunächst blieb ihm das Glück hold, indem der erste Bus nach nicht einmal zehn Minuten kam. Dirk betrat das Fahrzeug und schilderte dem Fahrer seine Route, gleichwohl um damit verifizieren zu lassen, dass es wirklich keine Alternative gäbe.

»Fasanenstraße hat aber kein Dach!«, bemerkte der freundliche Fahrer.

»Wie kein Dach?«

»Da gibt es keine Wartehäuschen, wollte ich sagen. Und das bei diesem Regen?«

»Kann man nichts machen!«, resignierte Dirk. »Das ist dann halt richtiges Pech; da muss ich jetzt durch!«

Er nahm Fahrschein und Wechselgeld entgegen und setzte sich gleich vorne rechts in die erste Reihe. So konnte er sich die Strecke am besten anschauen. Seine Erfahrung sagte ihm zudem, dass Busfahrer normalerweise immer gerne für ein Schwätzchen zu haben waren und sich dies häufig positiv auf eventuelle inoffizielle Zwischenstopps und dergleichen, auswirkte.

»Warum fährt er dann nicht mit der Vierundzwanzig?«, schaltete sich kurz nach dem Anfahren des Busses ein älterer Herr mit Hut und Gehstock ein, der links direkt hinter dem Fahrer saß. Der Fahrzeugführer zögerte mit einer Antwort.

»Dann müsste er ja über Braunschweiger und dann ganz rum um die Stadt mit der Fünf fahren!«

»Nein, wieso das denn?«, protestierte der Opa. »Der Vierundzwanziger fährt doch am Tannenberg vorbei. Da braucht er doch nur in die Neun einzusteigen und dann ab durch die Mitte bis ZOB.«

Wieder musste der Chauffeur überlegen.

»Wo hält denn da die Neun?«

»Na da hinter der Kirche. Wie heißt denn diese eine Straße noch? Da beim Tierarzt meine ich. Da hält der doch. Das weiß ich doch noch von früher. Bin ich fast jeden Tag gefahren.«

»Tierarzt? Wo ist denn da ein Tierarzt?«

»Arndt heißt der. Doktor Arndt«

»Doktor Arndt? Das ist doch ein Zahnarzt und kein Tierarzt!«

»Nein! Natürlich ... äh nein! Also das ist der Sohn vom Tierarzt, also Tierärztin. Von der Ursula. Ursula Arndt. Der Sohn, heißt, glaube ich, Thomas. Ja der ist Zahnarzt. Aber der ist der Sohn. Die Ursula ist Tierärztin!«

Dirk war kurz davor Ohrenflimmern zu bekommen. Für

einen kurzen Augenblick glaubte er dann zu wissen, wer von den beiden Tierarzt und wer Dentist war. Wer Sohn, Mutter oder uneheliche Schwiegertochter stiefväterlicherseits war. Es interessierte ihn zwar nicht die Bohne, aber er durchlitt diese Diskussion, wie auch die darauf folgenden, welche ähnliche Themen zum Inhalt hatten. Seine Geduld sollte belohnt werden!

»Mir fällt gerade ein«, wandte sich der Fahrer an seinen Passagier. »Steigen Sie doch die nächste Station aus. Da hält der Zwölfer auch und da ist das *Limbachzentrum*. Da können Sie schön im Trockenen einen Kaffee trinken oder Bummeln gehen, oder was auch immer. Da müssen Sie nicht eine dreiviertel Stunde lang im kalten Regen stehen.«

Das war eine prima Idee, fand Dirk und das fand der Opa auch. Dirk bedankte sich herzlich, wünschte noch einen guten Tag und schon sah er Busfahrer und Opa winkend an sich vorbeifahren.

Das *Limbachzentrum* kannte Dirk überhaupt noch nicht. Es war eines dieser öden Einkaufszentren irgendwo draußen in der Pampa, wo die Leute der kostenlosen Parkplätze wegen herkamen und nicht in Erwartung irgendeines Ambiente. Der Regen war noch stärker geworden und so war er froh, dass der Weg von der Haltestelle aus nur wenige Meter weit war. Dirk betrat das schlauchförmige Gebäude mit verheißungsvollem Glasentrée. Er sah sich Orientierung suchend um. Obwohl das Bauwerk neu zu sein schien, roch es bereits muffig. Die Auswahl der Geschäfte reichte von Ein-Euro-Läden bis zu Ein-Euro-fünfzig-Läden. Zwischendurch einmal ein Tabakgeschäft – wie altmodisch – viele, viele Handy-Shops und diverse gastronomische Angebote. Nicht zu vergessen den obligatorischen Gemüse-Türken, der seinen Stand in der Mitte der Mall hatte. Dirk überlegte, ob die Zeit für einen

Imbiss reichen würde und sah sich die Auslagen einer Bäckerei an. Diese stellte, neben dem üblichen Sortiment an Broten, Brötchen und Gebäckteilen, auch Pizzazungen und belegte Baguettes zur Schau. Während er unentschlossen dastand, bestellten zwei Handwerker mit Käse und Salami belegte Pizzazungen. Dirk sah, wie zwei dieser schiffchenförmigen Stücke hinter der Glasscheibe mit einem Spachtel von dem Blech gekratzt wurden. Sie waren bereits vorgebacken und der Käse hatte ein feinfaltiges Muster angenommen. Man sah ihnen an, dass sie uralt waren, und nun sollte ihnen durch kurzzeitiges Erhitzen in einer Mikrowelle eine Verjüngungskur verpasst werden. Dirk wandte sich von dem Stand ab und musterte halbherzig die Angebote einer Dönerbude, des Wurstparadies' und den Ausschank eines Händlers biologischer Fertigsuppen. Kurz bevor er sein Vorhaben aufgab, stieß er auf einen Asia-Imbiss, der sich zwischen einen Schlüsseldienst und den Hauswirtschaftsbereich zwängte. Ein übermüdet wirkender Vietnamese wühlte mit einer riesigen Kelle in einem Nudel-Wok. Dirk grüßte, der Asiat grüßte zurück, blickte ihn dabei unsicher an. Komisch, dachte Dirk, Vietnamesen gucken immer so, als ob sie im nächsten Moment Prügel erwarteten. Unsicher sah er auf die handgeschriebene Menütafel im Hintergrund über der Kochzeile.

»Was können Sie denn empfehlen?«, fragte er, um etwas Entscheidungszeit herauszuschlagen.

»Alle flisch«, antwortete der Koch. Ja richtig, und Vietnamesen hatten überdurchschnittlich große Schwierigkeiten mit der deutschen Sprache.

»Was machen Sie denn da gerade Schönes?«, versuchte Dirk, sich weiter heranzutasten. Der Mann sah ihn fragend an.

»Nude«, setzte er nach.

»Na prima, dann nehme ich einmal Nudeln bitte«.

Wieder sah ihn der Vietnamese gehemmt an.

»Nude mit Huhn?«

»Ja, gute Idee. Nudeln mit Huhn bitte.«

Zufrieden und erleichtert entnahm der Mann dem großen Wok mit einer Nudelzange eine Portion der noch heißen Nudel-Gemüse-Mischung und verfrachtete sie in einen kleineren Wok. Zischend und dampfend brutzelten die Nudeln in etwas Öl und der Koch goss und schüttete in rasender Geschwindigkeit verschiedene Flüssigkeiten und Pülverchen darüber. Er hob den Deckel einer Edelstahlwanne an und entnahm ihr ein vorgegartes Hühnerbrustfilet. Dies zerteilte er flugs mit einem blitzblanken Hackebeil und verteilte die Stücke über das ganze. Es dauerte keine drei Minuten, dann war die kleine Mahlzeit bereitet und in einer Pappschachtel verpackt. Noch ein paar gehackte Erdnüsse drübergestreut und fertig. Dirk lief das Wasser im Mund zusammen. Er verabschiedete sich mit dem Restbestand seines angelernten Wissens aus seinem früheren Vietnamurlaub: »Cảm ơn, tạm biệt!« – danke, auf Wiedersehen. Wie von tausend Lampen erhellt, erstrahlte das Gesicht des Vietnamesen. Zu sehr von dieser Geste überrascht, stammelte er ein paar Wortfetzen. Als Dirk lustvoll mampfend zurück in die Vorstadtmall kehrte, sah er den Mann ihm noch eine Weile lächelnd nachblicken. Dirk setzte sich auf eine Bank in einer schmucklosen Ruhezone und aß.

»Nudeln mit Huhn, stimmt´s?«, sprach ihn ein Opa an, den er zuvor auf der Nachbarbank sitzend, kaum wahrgenommen hatte. Kauend nickte er.

»Schmecken prima! Alles frisch gemacht, vor meinen Augen.«

»Ja, und bei drei Euro zwanzig kann man auch nicht meckern«, fuhr der Mann fort. »Ich bekomme ja Rente.« Dirk nickte verständnisvoll.

»Zweiundvierzig Jahre bei der gleichen Firma, das gibt es ja heute gar nicht mehr!«

»Zweiundvierzig Jahre? Donnerwetter!«

Dirk angelte mit seinen Essstäbchen nach einem Stückchen Hühnerfleisch.

Aus dem schräg gegenüberliegenden Global-Frischmarkt schoben Familien in Secondhandmode, zum Bersten gefüllte Einkaufswagen in Richtung Parkplatz. Gruppen völlig idiotisch gekleideter Jugendlicher schlenderten die Flure entlang und vollzogen albern choreografierte Checks. Dirk vernahm Satzfetzen in russischer, arabischer, türkischer Sprache, hörte sogar afrikanische Sprachlaute.

»Zwei Finger hab' ich verloren«, fuhr der Rentner fort und hielt ihm seine verkrüppelte linke Hand entgegen.

»Bandsäge. Diese verdammte Bandsäge. Ich war vierzig Jahre lang bei *Langenmöller-Möbel*.«

»Au-ha!«, kommentierte Dirk diese brandheiße Information.

»Ja und dann die letzten zwei Jahre ... da hießen die dann ja HMA. Das war ja dann ein ganz anderes Arbeiten. Ich wollte dann auch gar nicht mehr. War ja dann auch schon siebenundsechzig.«

»Und die ganzen Jahre über haben Sie an der Bandsäge gearbeitet? Da sind zwei verlorene Finger ja noch ein guter Durchschnitt, was? Ich meine so als Kollateralschaden.«

Nun rückte der Alte etwas näher an Dirk heran.

»Nein, ich bin ja kein Tischler. Ich habe LKW gefahren. Die letzten Jahre Gabelstapler und dann Lager und so.«

»Aha, und wieso dann das Bandsägenopfer?«

»Tja, blöde Sache. Ich wollte mir aus Abfällen was für zu Hause bauen. Für ' n Kaninchenstall, so 'ne Klappe. Dabei ist es halt passiert.«

Dirk nickte mitleidig. Seine Augen schweiften zur Seite

73

und erfassten eine Szene vor dem Tabakgeschäft. Zwischen all dem Ranz, der Ungewaschenheit und Bildungsangst beobachtete Dirk eine schäbig gekleidete, an einem Stock gehende Frau dabei, wie sie den Grabbeltisch voller vergilbter Taschenbücher nach Lesbarem durchforschte. Sie wendete die dreckigen Schinken ehrfurchtsvoll in ihren faltigen Händen und las die Deckeltexte mit bewegten Lippen. Die Überlegung, für welches der literarischen Abfallstücke sie sich entscheiden sollte, fiel ihr offensichtlich nicht leicht. Und das, obwohl auch hier die magische Preisgrenze von einem Euro pro Exemplar nicht überschritten wurde.

»Ich habe Sie hier noch nie gesehen. Sind wohl nicht von hier, was?«, fragte der Opa. Dirk brauchte eine Sekunde, um gedanklich zu ihm zurückzufinden.

»Äh, nein ich komme nicht von hier. Mein Wagen ist in der Werkstatt. Jetzt warte ich auf meinen Anschlussbus.«

»Draußen regnet es ganz schön doll!«

»Ja, ich weiß, deshalb warte ich ja hier drinnen.«

Dirk stand kurz auf, um seine leere Nudelverpackung in einen Mülleimer zu werfen. Er blickte auf seine Armbanduhr. Die Zeit wollte einfach nicht verstreichen und ihm wurden die Augenlider langsam schwer. In der sogenannten Ruhezone waren alle Bänke besetzt, meist von älteren Herrschaften, die jeweils ganz alleine dasaßen, wie im Wartezimmer eines Arztes. Sie verbrachten hier wahrscheinlich die Tage von früh bis spät. Zwei heulende Mädchen wurden soeben von Polizisten abgeführt. Sie hatten, wie Dirk durch den Flurfunk rasch erfuhr, Make-up im Wert von ein paar Euro im Drogeriemarkt gestohlen.

»Wohnen Sie hier?«, fragte Dirk, um die entstandene Stille zu durchbrechen.

»Ja, dies ist mein Wohnzimmer«, antwortete der Opa seelenruhig. »Da hinten ist das Bad, in meiner Küche waren Sie ja schon ...«

»Die Nudeln«, bemerkte Dirk.

»Richtig, die Nudeln. Heute gibt´s Nudeln, gestern Döner und davor Currywurst, wenn ich mich richtig erinnere.«

»Sind sie mit denen da verwandt, oder ist das Besuch?« Dirk machte eine Handbewegung in die Wandelhalle hinein.

»Nein nein. Alles Verwandtschaft. Der Penner dort ist mein Neffe Claas. Er ist in der Pfandflaschenbranche tätig.«

»Und wo schlafen Sie? Ich meine, haben Sie ein Schlafzimmer, oder so?«

Der Alte lächelte.

»Ich bin alt und genügsam. Hier die Bank. Ist eine Klappcouch. Die ziehe ich abends aus und dann kann ich wunderbar schlafen. Machen die meisten hier so.«

»Die ganze, große Familie, was!?«

Dirk nickte anerkennend.

»Da, meine pickelige Enkelin.«

Der Rentner deutete herüber zu einer Bank, wo sich gerade mehrere Teenager niedergelassen hatten und albern herumbalgten.

»Sie hat einen Sprachfehler. Die ganze Gruppe hat Sprachfehler. Sie können kein C-H aussprechen. Stattdessen sagen sie S-C-H.«

Jetzt hörte Dirk die pickelige Enkelin kreischen: »Isch bin nisch verliebt in Mischael. Menno!«

Dann drosch sie mit der bloßen Faust auf die Schulter des schmächtigen Jungen mit Migrationshintergrund und hässlicher Ballon-Basecap auf dem Kopf, neben dem sie saß. »Der Mischa is voll assi!«

»Sie haben recht. Kein C-H!«, bestätigte Dirk.

»Was sagten Sie?«

»Kein C-H, sie können kein C-H ...«

Dirk öffnete die Augen und blickte in das verdutzte Gesicht des alten Mannes.

»Sind eingenickt, was?«

Dirk erschrak. Er sah auf seine Armbanduhr.

»Verdammt! Der Bus! Ich muss los!«

Er sprang auf und rannte in Richtung Ausgang.

»Nett Sie kennengelernt zu haben!«, hörte er den Mann hinter sich herrufen.

»Ja, nett hier!«, keuchte Dirk und sah gerade den Bus ankommen. Schwein gehabt!

Die Präsentation

»Schatz kannst du mal mein Hemd bügeln?«

»Ach Mensch Dirk! Ich muss auch los! Ich hab' doch noch meinen Frauenarzttermin.«

Dirk sah seine Freundin flehend an.

»Bitte! Es geht heute um mein Projekt. Ich muss einen guten Eindruck machen.«

Tanja gab genervt nach.

»Dann mach aber schnell und lass das Hemd hinterher noch ein paar Minuten abkühlen, sonst ist es sofort wieder knitterig.«

Sie stöpselte den Stecker des Bügeleisens in die Steckdose, klappte das Bügelbrett aus dem Schrank heraus und strich das Hemd darauf schon mal mit den Händen glatt. Hastig nahm sie einen Schluck aus der Kaffeetasse und tastete vorsichtig die Temperatur des Eisens ab. In Windeseile war Dirks bestes Oberhemd gebügelt und wenige Augenblicke später schon, verabschiedete sich Tanja von ihm mit einem flüchtigen Kuss.

Es war ein wichtiger Tag für Dirk. Die Entscheidung darüber lag an, ob die letzten acht Monate Planungsarbeit, Überzeugungsarbeit, logistischer- und Lobbyarbeit Früchte tragen würden oder ob alles für die Katz war. Während er zum dritten Mal den Knoten seiner Krawatte löste und aufs Neue band, machte er vor dem Spiegel Stimmübungen, wie ein Sänger. Ja, er hatte richtig Lampenfieber. Das gehörte dazu und es gab der ganzen Sache ja auch einen gewissen Thrill. Die Präsentation sollte im Rathaus stattfinden. Dieses wäre eigentlich prima mit der Straßenbahn zu erreichen, hätte er nicht den ganzen Kram, wie Beamer, Notebook und die großen Zeichenrollen mitzuschleppen. So belud er seinen Smart und machte sich durch den Berufsverkehr auf den Weg in die Innenstadt. Hoffend, dass ihm das

Schicksal zwischenzeitlich schon einmal einen zentralen Parkplatz reservieren würde. Tat es natürlich nicht – Murphys Gesetz! Dirk kreiste eine Runde nach der anderen, und bei der Zweiten bereits entdeckte er die, in eine schlecht sitzende, schwarze Uniform gepresste Dame vom Ordnungsamt.

»Scheiße!«, sang er durch seine geschlossenen Zähne. »Mach Feierabend, Mädchen!«

Hinter ihm hupte es, vor ihm staute es. Dirk sah nervös auf die Uhr. Er hatte ja einen Smart und der passte auch in eine Lücke hinein, die eigentlich für Fahrräder, Kinderwagen oder Rollatoren vorgesehen war. Solch eine Lücke fand er schließlich – direkt vor einer Apotheke. Und diese Lücke gab es in der bevorzugten Geschäftslage auch nur deshalb, weil die Parkbucht zu zwei Dritteln von einem Baucontainer belegt war. Einziger Nachteil: Die Parkuhr stand in seinem Drittel!

Dirk musste mehrmals ansetzen – vorsetzen und wieder zurücksetzen – bis er endlich, der Straßenverkehrsordnung genügend, eingeparkt hatte. Zufrieden stieg er aus und tastete seine Hosentasche nach Kleingeld ab. Er erinnerte sich entnervt daran, dass er dies auf dem Bügelbrett hatten liegen lassen.

»Shit!«, fluchte er. Er drehte sich einmal um seine eigene Achse. Da, eine Dönerbude. Dirk hastete in den Laden hinein und wurde gleich von einem schmuddeligen Türken angefahren: »Wir haben noch geschlossen!«

»Ja, kein Problem. Ich brauche nur etwas Kleingeld für die Parkuhr!«

»Kleingeld?! Um diese Zeit?! Noch bevor wir geöffnet haben?!«

»Ja, Mann, Mist! Ich steh' da drüben vor der Apotheke und eine Straße weiter kommt schon die Dame vom Ordnungsamt!«

»Und was hab' ich damit zu tun?!«

»Oh Mann! Besten Dank ... Kollege!«

Dirk rannte hinaus auf die Straße. Was sollte er jetzt tun? Die Geschäfte hatten alle noch zu. Nein! Eine Bäckerei war schon geöffnet und bei der Gelegenheit könnte er sich auch gleich noch ein oder zwei Brötchen kaufen. Für später. Oder auch ein paar Gebäckteile. Also rein in die gute Backstube und erst einmal hübsch in die Schlange einreihen. Es dauerte und dauerte. Keiner der Kunden hatte sich im Vorfeld Gedanken darüber gemacht, was er überhaupt einkaufen wollte.

»Ist das Roggen von heute?«, fragte eine grell geschminkte Frau.

Die Verkäuferin hatte alle Zeit der Welt und ging geduldig und ausführlich auf jede Frage ein. Nur Dirk hatte diese Zeit nicht!

»Sind die Mohnschnecken frisch?«

Dirk verlor langsam die Nerven.

»Nein, die sind nicht frisch!«, platzte es aus ihm heraus. »Diese Bäckerei hat ein Patent darauf, alte und pappige Backwaren herzustellen. Die Konkurrenz arbeitet fieberhaft daran, die Produkte zu kopieren!«

Nun drehten sich alle Kunden zu ihm um und starrten ihn böse an.

»Wenn Ihnen unsere Produkte nicht gefallen, können Sie ja gerne woanders einkaufen!«, fauchte ihn die Verkäuferin an.

»Das war ironisch gemeint!«, verteidigte sich Dirk. »Wegen der blöden Fragerei, ob die Sachen frisch sind.«

Die Blicke der anderen wechselten von böse zu wütend.

»Ich hab' s eilig, wissen sie?! Wenn hier jeder bei jedem Gebäckteilchen nach den Backzutaten fragt, werden wir nie fertig!«

»Wir haben es alle eilig!«, empörte sich eine alte Frau. »Hier wird schön der Reihe nach bedient. Wäre ja noch schöner!«

»Davon, dass es alle eilig haben, merke ich aber nichts!«

Dirk trat von einem Bein aufs andere. Das Verkaufsritual ging in gewohntem Schneckentempo weiter und als er endlich an der Reihe war, wusste er nicht mehr, was er eigentlich kaufen wollte.

»Sind diese Croissants süß oder salzig?«

Die Verkäuferin starrte ihn zornig an.

»Das sind Plunder.«

»Süß oder salzig?«

»Salzig haben wir gar nicht, höchstens normal gesalzen!«

»Also süß?«

»Pikant.«

»Pikant, pikant, pikant! Was heißt pikant? Was ist denn da drin?«

»Da müsste ich erst hinten fragen!«

»Wie, das wissen Sie nicht?! Ich denke, Sie sind Fachverkäuferin.«

Der Blick der Frau durchbohrte ihn.

»Nee, lassen Sie! Was ist denn das da? Ist das auch pikant?«

»Das ist Blätterteig.«

»Sind die mit irgendwas gefüllt?«

»Japp!«

»Mit was?«

»Spinat.«

»Mag ich nicht!«

Von hinten rief ein Mann in Nadelstreifenanzug: »Sagen Sie mal, dauert das noch lange bei Ihnen?!«

Dirk drehte sich um und warf ihm einen provozierenden Blick zu.

»Hier geht es hübsch der Reihe nach!«

Die Entscheidung war nicht sehr leicht, und sie fiel auf zwei Mohnschnecken. Dirk zückte sein Portemonnaie und entnahm ihm den einzigen Geldschein, den er bei sich hatte: einen nagelneuen Hunderter.

»Sie wollen mich ver ... auf den Arm nehmen, was?!«

»Ich hab' s nicht anders!«

»Darauf kann ich nicht rausgeben!«

»Sie müssen! Das ist ein gültiges europäisches Zahlungsmittel! Sie sind dazu verpflichtet, sich mit ausreichend Wechselgeld zu versorgen, um die Geschäftsvorgänge ordnungsgemäß durchführen zu können!«

Das hatte gesessen! Die Verkäuferin lud unter dem Tresen, außerhalb des Sichtbereichs der anwesenden Kundschaft, ihre Winchester-Flinte durch.

»Warten Sie, ich kann wechseln«, erbot sich der Anzugträger. Er holte ein Bündel Banknoten aus seiner Hosentasche hervor und half damit der armen Verkäuferin aus der Patsche. Typisch Kapitalist, immer eine Rolle Scheinchen dabei – für die alltägliche Schmiergeldzahlerei!

Die ganze Geldwechselaktion – und darum ging es ja schließlich – hatte fast zwanzig Minuten gedauert. Zwanzig Minuten, die der Dame vom Ordnungsamt locker gereicht hatten, Dirks smart geparkten Smart zu erreichen.

»Halt, stopp!«, rief er quer über die Straße, um die Frau noch davon abzuhalten, den bereits fix und fertig ausgefüllten Zahlschein unter den Scheibenwischer zu stecken. Keuchend erreichte er sein Auto.

»Ich musste noch Geld wechseln für die Parkuhr. Kein Mensch ist heute Morgen in der Lage einen Schein zu wechseln. Jeder ist nur mit sich selbst beschäftigt! Das ist echt zum Kotzen.«

Die städtische Angestellte hörte ihm geduldig zu und sah ihn erwartungsvoll an.

»Und haben Sie nun Kleingeld?«

»Jetzt ja! Hat mich zwanzig Minuten gekostet. Zwanzig Minuten, die ich eigentlich überhaupt nicht habe!«

»Dann stehen Sie also schon zwanzig Minuten hier mit Ihrem Fahrzeug?«

Eigentor!

»Na ja, da habe ich natürlich deutlich übertrieben! Was man so sagt, wenn einem die Zeit davonläuft. Ich habe eine wahnsinnig wichtige Präsentation, wissen Sie?!«

»Na dann viel Erfolg, ich muss dann auch mal weiter machen.«

»Und was ist mit dem Knöllchen? Ich meine, ich stecke ja jetzt Geld in die Parkuhr.«

Sie drehte sich um und ging langsam rückwärts weiter.

»Sie haben vierzehn Tage Zeit, den Betrag zu bezahlen. Danach gibt' s ein Ordnungsverfahren!«

»Aber Sie haben doch ein Herz! Kommen Sie, das seh ich doch Ihren himmelblauen Augen an!«

»Na klar habe ich ein Herz, sogar ein riesengroßes. Nur hat mein Computer leider nur Halbleiter und kein Herz. Die Daten sind leider schon eingegeben, da kann ich nichts mehr machen! Tut mir leid! Pech im Spiel, aber sicherlich haben Sie Glück mit Ihrer wichtigen Präsentation!«

Dirk sah ihr hinterher.

»Aber dann brauche ich ja jetzt nichts mehr in die Parkuhr zu werfen. Ich hab' ja durch das Knöllchen schon bezahlt!«

»Wiederholungstäter!«, rief sie ihm lachend zu. »Parkuhr, oder ich lasse ihn abschleppen!«

»Das dürfen Sie gar nicht! Ist ja keine Behinderung!«

Die Beamtin bog lachend und winkend um die Häuserecke. Mist, verdammter! Jetzt aber schnell!

Dirk stopfte so viel Geld in die Parkuhr, wie diese geneigt war anzunehmen. Das reichte jedoch nur für die Höchstparkdauer von sechzig Minuten. Sollte er nach jeder Stunde aus dem Rathaus rennen, um die dämliche Parkuhr zu füttern?

»Mist, Mist, Mist!«, fluchte er, nahm seine sieben Sachen aus dem Auto und eilte zu seinem Termin. Vor der Rathaustreppe fing ein Trio an zu lärmen. Es bestand aus einem Banjospieler, einem Waschbrettspieler und einem jungen Mann, der den Pappbecher zum Einsammeln des herbeigenötigten Geldes bediente. Sie sangen mehr schlecht als recht »Oh when the saints go marching in.«

Der Becher-Künstler versperrte Dirk den Weg.

»Mann! Lass mich vorbei, ich hab' einen Termin!«

»Hierher kommen nur Leute mit Termin.«

»Mann ich hab' nur noch drei Euro, die ich selbst für die verdammte Parkuhr brauche. Die Tusse vom Ordnungsamt hat mich sowieso schon auf dem Kieker!« Widerwillig trat der Mann einen Schritt zur Seite. Die Band brach ihre Darbietung mitten im Takt ab.

Dirk war erwartungsgemäß nicht der Erste im Konferenzraum, obwohl er mehr als eine dreiviertel Stunde Zeit für die Vorbereitungen eingeplant hatte. Soweit er es erkennen konnte, waren, bis auf seinen Chef, bereits alle wichtigen Personen anwesend. Horst Neumeyer vom Bauamt begrüßte ihn und stellte die übrigen Anwesenden vor. Ein Herr im Nadelstreifenanzug stand ganz hinten im Raum, wandte ihm den Rücken zu und telefonierte. Kurz darauf steckte er sein Telefon in die Anzugtasche und Neumeyer machte auch ihn mit Dirk bekannt: »Darf ich vorstellen, Dr. Kranz. Dr. Kranz vertritt Herrn Rabanda vom Bauausschuss. Mit ihm müssen Sie sich ganz besonders gut stellen, denn er hat das entscheidende letzte Wort!« Neumeyer klopfte Dirk jovial auf die Schulter. Dirk erstarrte.

»Angenehm, Kranz. Wir hatten ja heute schon das

Vergnügen. Mohnschnecken, wenn ich mich recht erinnere.«

Die Präsentation lief einfach mies, mies, mies! Nichts klappte! Der Beamer ließ sich partout nicht mit dem Notebook koppeln. Als dann alle Beteiligten ihre Hälse nach dem lächerlichen 13-Zoll-Bildschirm seines Rechners streckten, ruckelten die Folien nur und einige Dateien ließen sich aus unerklärlichen Gründen nicht öffnen. Dr. Kranz sagte die ganze Zeit über kein Wort, sondern kritzelte pausenlos Notizen in einen Block. Von Dirks Chef, der ja schließlich der Projektleiter war, kam nur andauernd: »Na nun machen Se mal!«

Horst Neumeyer fiel ihm pausenlos hinterfotzig in den Rücken. Neumeyer, dem er schon so oft aus der Patsche geholfen hatte. Der immer so kumpelhaft tat und der im Badminton die Oberniete war. Dieses Miststück sabotierte noch die letzten brauchbaren Ansätze der völlig vermurksten Präsentation. Was für ein Desaster!

Dirks beruflicher Horizont begann, gefährlich zu wanken! Zu allem Übel drückte auch noch im unpassendsten Moment die Blase, so, dass es schon fast nach Flucht aussah, als er sich kurz entschuldigte.

Dirk stand vor dem Urinal und es lief und lief und lief, und wollte gar kein Ende nehmen.

   »Na wenigsten etwas läuft heute«, sagte er sarkastisch zu sich selbst.

Die Parkuhr! Ein Blick auf seine Armbanduhr zeigte ihm, dass es allerhöchste Zeit war, Geld nachzuwerfen. Auf die eine Minute dürfte es jetzt auch nicht mehr ankommen, sagte er sich und rannte los. Vor dem Ausgang stolperte er fast über das Oh-when-the-saints-Trio, welches sofort mit seiner Darbietung begann. Dirk bahnte sich seinen Weg vorbei an der Kapelle und rannte hinüber zu seinem Smart, der tatsächlich noch da stand. Und es klemmte kein weiteres

Knöllchen unter dem Scheibenwischer! Hastig steckte er sein letztes Kleingeld in die Parkuhr. Drei Euro für fünfundvierzig Minuten! Das war mehr als Wucher! Schnell zurück zu den Wartenden im Rathaus, doch vorher galt es noch, die Oh-when-the-saints-Klippe zu umschiffen. Der Pappbecher-Spieler stellte sich ihm nun breitbeinig in den Weg und hielt Dirk fordernd das Sammelbehältnis vors Gesicht. Dirk war kurz davor seine kümmerlichen Karatekenntnisse anzuwenden, doch dann kam ihm eine bessere Idee.

»Ihr habt doch bestimmt Kleingeld. Du kannst mir mal einen Zehner wechseln.«

»Kein Problem!«, antwortete der Typ. »Ich kann Dir neun Euro auf den Zehner herausgeben.«

»Wechseln habe ich gesagt, nicht herausgeben!«

»Acht!«

»Du hast wohl ´ne Meise! Ich lass mich doch nicht erpressen!«

»Sieben! Wird immer weniger, je mehr du verhandelst!«

»Vergiss es!«

Dirk drängte an den drei Leuten vorbei die Treppe hinauf. Die Musiker begannen erneut zu singen: »Oh when the Ordnungsamt, oh when the Ordnungsamt, oh when the Ordnungsamt goes marching i-hin ...«

Bevor Dirk die Tür ins Schloss fallen ließ, streckte er den Stinkefinger aus.

Im Konferenzraum herrschte ein chaotisches Stimmengewirr. Als Dirk den Raum betrat, waren die Herrschaften schon längst mit ganz anderen Themen beschäftigt, nur Dr. Kranz saß alleine in der Ecke und telefonierte.

»Müssten die Musiker da unten nicht eigentlich eine Genehmigung dafür haben, dass sie im öffentlichen Raum für Geld spielen?«, fragte Dirk den Bürgermeister, der gelangweilt aus dem Fenster geschaut hatte.

»Der Sänger ist mein Sohn und die anderen seine Freunde. Die tun doch keinem etwas!«

»Aber sie müssten eigentlich schon, oder?«
Der Bürgermeister richtete sich auf und kniff seine Augen zusammen.

»Sie können sie ja anzeigen, wenn Sie möchten!«
Er erhob sich und zeigte den anderen gegenüber mit dem Daumen auf Dirk und schüttelte den Kopf.

Dirks Chef blickte demonstrativ auf seine Armbanduhr und fauchte Dirk an: »Na das können wir uns nun ja wohl getrost in die Haare schmieren! Aber glauben Sie mir, das wird Konsequenzen haben!«
Wutschnaubend verstaute er seine Sachen in der ledernen Aktentasche und ließ die Schlösser zuschnappen.

»Meine Herren!«, bölkte er in die Runde, bereit die Niederlage einzustecken, nicht aber geneigt, sich diese Schmach weiter anzutun. Die Gespräche verstummten, jedoch hielt ihn niemand zurück. Völlig mit den Nerven am Boden sortierte auch Dirk seine Unterlagen und Gerätschaften. So spare ich mir wenigstens eine weitere Runde mit meiner geliebten Parkuhr, dachte er resignierend.

»Moment mal, wo wollen Sie denn so überstürzt hin?«, rief ihm Dr. Kranz zu, während er sein Handy in die Tasche gleiten ließ.
Dirk blickte überrascht auf.

»Ich dachte, wir wären hier jetzt fertig. Interessiert doch sowieso niemanden mehr was ...«

»Wer hat denn das gesagt?!«, empörte sich Kranz.
»Sie waren kurz Pipi machen, da können wir uns doch wohl auch mal eben mit anderen Dingen beschäftigen!«

»Das heißt also, dass wir noch nicht aus dem Rennen sind?«

»Iwo, wie kommen Sie denn darauf! Ich würde Sie auf keinen Fall als Haustechniker einstellen und mit Ihren

EDV-Kenntnissen ist es ja wohl auch nicht so weit her. Aber Ihre Projektausarbeitung ist doch tadellos! Da gibt es sicherlich noch das eine oder andere Detail zu besprechen, aber im Großen und Ganzen habe zumindest ich mir das genau so vorgestellt!«

Dirk musste sich setzen. Mit allem hatte er gerechnet, nur nicht damit, dass ausgerechnet Dr. Kranz ihm den Hals aus der Schlinge ziehen würde.

»Na ist ja fabelhaft! Wie gehst jetzt weiter?«

Dr. Kranz grinste.

»Haben Sie eigentlich noch eine von den Mohnschnecken?«

»Du hast heute mit meiner Freundin Nina geflirtet!«, begrüßte Tanja ihren Freund.

»Nina? Ich kenne keine Nina und außerdem hatte ich heute absolut keine Nerven für einen Flirt!«

»Sie arbeitet beim Ordnungsamt!«

»Ach die! Sag bloß, dass du mit der befreundet bist! Na die ist mir ja vielleicht heute auf den Geist gegangen! Wenn die mal von einem Kunden ein blaues Auge verpasst bekommt, dann braucht sie sich nicht zu wundern!«

»Nina kann Judo. Sie hat schon mal einen renitenten Verkehrsrowdy auf die Matte gelegt. War allerdings keine richtige Matte, sondern ein mit Betonsteinen gepflasterter Bürgersteig!«

»Na, da habe ich ja wohl richtig Glück gehabt, was?!«

»Ja, das sehe ich auch so. Als Nina vorhin beim Badminton erfuhr, dass du mein Freund bist, hat sie nämlich deine Daten aus ihrem Gerät gelöscht. Ich soll dich schön von ihr grüßen und ausrichten, dass du dein Knöllchen wegwerfen kannst!«

Ratten-Karl

Dienstreisen standen für Dirk in letzter Zeit unter keinem guten Stern. Immer klemmte irgendetwas. Dirks Technik versagte, die sorgsam ausgetüftelten Bahnverbindungen scheiterten an der sprichwörtlichen Unzuverlässigkeit dieses Verkehrsmittels oder seine Gesprächspartner sabotierten Dirks akribische Arbeit durch völlige Inkompetenz. Diesmal war es sein Smart, der kläglich versagt hatte – richtiger gesagt war es seine eigene Schuld, denn hätte er der Temperaturwarnanzeige Beachtung geschenkt, dann wäre vermutlich die Zylinderkopfdichtung heile geblieben.

Zufällig hatte sich Dirks Freund Tillmann mal wieder nach langer Zeit bei ihm gemeldet, da er Probleme mit seiner Freundin Dagmar hatte und dringend eine Schulter zum Ausweinen brauchte.

»Du kannst meinen *Insignia* nehmen«, bot ihm Tillmann spontan an.

»Aber der braucht doch sicherlich auch hundert Liter auf hundert Kilometer!«, gab Dirk zu bedenken.

Tillmann beschwor, dass sein Opel sparsam im Verbrauch sei und für Dirk war es eigentlich auch schon viel zu spät, doch noch auf den fetten Firmen-Audi zurückzugreifen. Also nahm er das Angebot seines Freundes kurz entschlossen an.

Es sollte nach Bad Harnstein in der Eifel gehen und die Staumelder-App zeigte ein bedrohliches Szenario auf Autobahn und Bundesstraßen.

»Wo bleibt denn der?«

Dirk sah abwechselnd auf seine Armbanduhr und auf die Zeitanzeige des Küchenherdes.

»Ist doch erst kurz vor sieben«, versuchte Tanja zu beruhigen.

»Trotzdem. Ich muss ja sicherlich auch noch tanken und dann kenne ich den Wagen ja gar nicht. Mit einem fremden Auto kann ich unmöglich sofort mit Vollgas losrasen.«

Das Telefon läutete und Dirk befürchtete das Schlimmste.

»Es gibt eine gute und eine schlechte Nachricht«, meldete sich Tillmann.

»Lass mich jetzt bloß nicht hängen! Wenn ich den Termin nicht einhalte, dann steht unsere Firma vor der Pleite!«

Dirk kochte vor Wut.

»Nein, nein, keine bange! Du nimmst nur einen anderen Wagen – ist auch ein Opel. Dagmar braucht den *Insignia* heute. Sie muss zu ihren Eltern fahren. Ich habe dir ein Auto von einem Freund organisiert. Der ist nagelneu, wird gerade vom Händler abgeholt. Spätestens um acht Uhr stehe ich damit vor deiner Tür. Wie verabredet. Also keine Panik, auf mich kannst du dich verlassen!«

Es wurde dann doch fast neun und der Wagen, den Tillmann von seinem Freund Karl ausgeliehen hatte, war leider doch nicht neu. Karl war kein Unbekannter in der Stadt. Sein Spitzname war Ratten-Karl und dieser stand auch in großen Lettern auf allen vier Seiten des Opel Combo Mini-Van. Und weiter stand dort: ›Schädlingsbekämpfung, Gebäudehygiene, Umwelttoxikologie‹. Dirk bekam beinahe einen Nervenzusammenbruch. Und einen Wutanfall – aber nur kurz, denn es war einfach keine Zeit mehr dafür da.

Der Laderaum des Opel Combo war zwar leer geräumt und gesäubert worden, doch trotzdem stank es im Inneren des Wagens penetrant nach Chemikalien. Als nächstes Handicap kam hinzu, dass der Motor nicht viel mehr als null PS hatte. Durch die Kastenform vom Sog jedes überholenden Lkw hin und her geschüttelt, schlich Dirk in Richtung Eifel.

Dirk hatte, ganz im Widerspruch zu seiner innersten Überzeugung, während der Fahrt sein Mobiltelefon in die

Hand genommen und versucht den Termin für die Vorbesprechung am Nachmittag zu verschieben.

»Dann kann ich den Bauausschuss für heute wohl nach Hause schicken«, hatte Baurat Jokowski verschnupft geantwortet. »Mal sehen, wie wir das dann morgen alles hinbekommen. Auf Dr. Zimmerman werden wir wohl leider verzichten müssen, der hat andere Termine.«

Es war dann schon dunkel, als Dirk das *Hotel Burghof und Spa* erreichte. Dirk parkte den verhassten Leihwagen in der einzigen noch freien Parkbucht, dicht beim Eingangsportal. Dirk nahm seine Reisetasche und den Metallkoffer mit der technischen Ausrüstung aus dem Laderaum und begab sich zur Rezeption. Es roch irgendwie nach Chlor und Formaldehyd. Dirk checkte ein und fuhr mit dem Lift in den dritten Stock. Sein Zimmer war nicht besonders groß und das Fenster zeigte zum Hof. Dirk bevorzugte Hotelzimmer im hinteren Teil der Gebäude, da er so bei geöffnetem Fenster schlafen konnte, ohne Straßenlärm befürchten zu müssen. Leider blakte ein dicker Entlüftungsschacht unterhalb seines Zimmers die komprimierte Abluft der Küche direkt zu ihm ins Fenster hinein. Also schloss er es der Not gehorchend wieder. Noch bevor Dirk die Dusche angestellt hatte, war der Chemieduft wieder da. Seine Tasche hatte das Aroma des Combo-Laderaums angenommen. Für die nächsten zwei Tage blieb ihm die freie Wahl zwischen Fritteusengeruch und Insektiziden.

Dirk hatte sich frisch gemacht, er hatte sich umgezogen und freute sich nun auf ein gemütliches Abendessen in dem, mit einem Stern ausgezeichneten, Hotelrestaurant. Er passierte die Rezeption und sah aus den Augenwinkeln, dass sich eine tumultartige Szene vor dem Eingangsportal abspielte. Menschen rannten aufgeregt durcheinander, mehrere Hotelangestellte gestikulierten aufgebracht, Gäste reckten neugierig ihre Hälse nach dem

Geschehen vor der Tür. Dirk war zu erschöpft und zu hungrig, als dass er der Sache auf den Grund gehen mochte. Seine Wahl fiel auf Zander im Kartoffelmantel auf Fenchelgemüse mit Senfsoße. Nicht ganz billig, aber wie oft hatte er schon die Gelegenheit, echte Sternenküche zu genießen?

Ein livrierter Hotelpage schlich von Tisch zu Tisch und zeigte diskret ein Schiefertäfelchen mit der Aufschrift ›NOX-E 605‹. Er blickte auch Dirk verlegen lächelnd an, doch der schüttelte bedauernd den Kopf. NOX-E 605, was sollte das sein? Zwei Kellner brachten auf einer silbernen Platte das duftende Fischgericht, in einer weißen Porzellanschale die Beilagen und taten dem entzückten Gast auf.

»Wir wünschen Ihnen guten Appetit!«

Dirk lief das Wasser im Munde zusammen.

Der Hotelpage drehte eine zweite Runde mit seinem Schiefertäfelchen. Dirk nahm kaum Notiz davon. Das Essen schmeckte einfach fantastisch! Er nahm einen Schluck von dem Elsässer Gewürztraminer und wollte gerade zum zweiten Bissen ansetzen, als einer der Kellner zusammen mit dem Herrn von der Rezeption diskret an ihn herantrat.

»Entschuldigen Sie bitte höflichst die Störung«, flüsterte der. Dirk sah überrascht auf.

»Könnte es sein, dass Sie mit einem weißen Opel Kastenwagen angereist sind?«

»Kastenwagen? Nein, ich fahre einen ... ja doch. Natürlich! Es ist ein Leihwagen, weil mein eigener ...«

»Dürften wir Sie bitten, Ihr Fahrzeug umzuparken?«

»Umzuparken? Steht er im Weg? Ich meine stehe ich auf einem Behindertenparkplatz ...«

»Darum geht es nicht!«, unterbrach der Hotelmanager, etwas unwirsch. Dirk sah ihn fragend an.

»Die Aufschrift!«

Der Mann wurde ungeduldig.

»Sie können nicht vor einem Hotel – und dazu noch vor einem Hotel mit Sterneküche – ein Fahrzeug von einem Ungeziefer ... ich meine mit ...«

»Ratten-Karl!«, sprang ihm der Kellner zur Seite.

»Ratten-Karl!«, wiederholte der Manager mit angewidertem Gesichtsausdruck.

Dirk war peinlich berührt. Natürlich, die Leute hatten recht! Auf diesen Zusammenhang war er selbst nach den Strapazen der Anreise gar nicht gekommen.

»Selbstverständlich! Ich esse nur noch eben mein Fischgericht ...«

»Umgehend – wenn ich bitten darf!«, warf der Mann ein.

Dirk zögerte. Er betrachtete das vorzügliche, kaum angerührte Gericht auf dem Teller vor sich.

»Ich möchte Sie ungern des Hotels verweisen. Aber solch ein Verhalten ist geschäftsschädigend, wenn Sie verstehen, was ich meine!«

Deutlicher konnte der Hotelmanager nicht werden und schweren Herzens verließ Dirk den Gaumenschmaus und machte sich auf, das verhasste Automobil umzuparken. Begleitet wurde er dabei von zwei Hotelangestellten, die darauf achteten, dass sich der neue Parkplatz außer Sichtweite der Nobelherberge befinden würde. Dirks Blick fiel auf das Fahrzeugkennzeichen und nun wusste er auch, was mit der kryptischen Ziffernfolge ›NOX-E 605‹ auf dem Schiefertäfelchen des Hotelpagen gemeint war.

Es gab keine freien Parkplätze in fußläufiger Entfernung. Dirk drehte Runde um Runde und seine Kreise wurden immer weitläufiger. Als er schließlich eine Parkbucht in einer Seitenstraße gefunden hatte und die Blechkiste nach aufwendigem Rangieren verlassen wollte, kam der erboste Wirt des gegenüberliegenden Dönerimbisses auf ihn zugelaufen. Er drohte ihm unverhohlen an, die Karre anzuzünden, wenn er nicht innerhalb einer Minute verschwunden wäre. Dirk zog es vor, einer mit Sicherheit unerfreulichen Diskussion aus dem Weg zu gehen. Er fuhr weiter, bog auf die Hauptstraße ab, lugte in sämtliche Seitenstraßen und entfernte sich immer weiter vom Stadtkern. Auch die Wohngebiete waren komplett zugeparkt, es gab in Bad Harnstein scheinbar doppelt so viele Autos wie Einwohner. Als er gerade in einer Sackgasse wenden wollte, entdeckte Dirk, dass diese in einem Riesenparkplatz vor der Integrierten-Gesamtschule endete. Der Parkplatz hätte als Landebahn für einen Airbus A 380 gereicht und er war leer. Nicht ein einziges Fahrzeug war dort geparkt, es gab keine Parkscheinpflicht und keine Begrenzung der Parkdauer. Perfekt!

Nach nicht einmal zwanzig Minuten Fußmarsch und dem platonischen Kampf gegen zwei streunende Hunde war es Dirk schließlich gelungen, ein vorbeifahrendes Taxi anzuhalten. Sein teures Menü war allerdings indessen abgeräumt worden und das Personal behandelte ihn etwas frostig. Dirk zog sich auf sein Zimmer zurück und streckte sich erschöpft auf dem französischen Bett aus. Lustlos schaltete er durch die Fernsehprogramme. Sein Magen knurrte. Er knurrte noch lange, nachdem er sich geduscht, die Zähne geputzt und in frisch gebügeltem Pyjama schlafengelegt hatte. Irgendwann in der Nacht gab er dem Knurren dann nach und machte sich zu Fuß auf die Suche nach einem Imbiss.

Dirk hatte schlecht geschlafen. Die Nacht war für ihn viel zu kurz gewesen, der ranzig schmeckende Döner, den er in seiner Not verzehrt hatte, hatte ihm Sodbrennen beschert. Die junge Frau an der Rezeption wusste nichts von dem Eklat am Vorabend, und so war sie freundlich und unvoreingenommen Dirk gegenüber. Sie rief ihm ein

Taxi herbei und als Dirk seinen Parkplatz vor der Schule erreichte, wartete bereits ein wütender Hausmeister in grauem Kittel auf ihn.

»Ich hab' schon die Polizei gerufen!«, brüllte er ihn an. »Der Abschleppwagen wird in wenigen Augenblicken hier sein und Sie werden schön darauf warten! Sie glauben gar nicht, was hier heute Morgen los war! Die Eltern wollten ihre Kinder gleich wieder mit nach Hause nehmen! Mann, Mann, Mann, Sie haben vielleicht Nerven!«

Nach ausgiebiger Diskussion über das Parken auf eindeutig als Parkplatz ausgewiesenen Flächen, bestieg Dirk ganz einfach sein Leihfahrzeug und fuhr ungehindert von dannen. Ob nun der angedrohte Abschleppdienst wirklich herbeigerufen, oder ob dies nur ein überzogenes Dampfablassen des verärgerten Hausmeisters war, konnte Dirk nicht herausfinden. Dafür stellte sich die Suche nach einer Abstellmöglichkeit für den verhassten Wagen in Rathausnähe als nahezu aussichtsloses Unterfangen dar. Mehrmals umrundete Dirk den Häuserblock und bei jeder dieser Runden wurde er aufmerksam von zwei Polizisten beobachtet.

»Mist, Mist, Mist!«, fluchte er und betrachtete sorgenvoll die Uhr auf dem Armaturenbrett. »Wenn ich nicht bald einen Parkplatz finde, dann kann ich mich auf Ärger und lästige Debatten gefasst machen.«

Da! Dirk sah die Rücklichter eines Autos, das sich langsam aus einer Parklücke herausbewegte. Er trat auf die Bremse und kam direkt neben den Polizisten zum Stehen. Einen Moment lang sahen sie sich durch das geschlossene Seitenfenster an. Dann gab einer der Beamten Dirk ein Zeichen zum Öffnen des Fensters, und als der ihn unschuldig ansah, fragte er barsch: »Sie wollen doch wohl nicht hier einbiegen, oder?«

»Wieso nicht? Ich wollte dort parken. Da, wo gerade die

Parklücke frei wird.«

»Können Sie nicht lesen?«, fuhr ihn der Mann an. »Der gesamte Bereich ist ausschließlich für Mitarbeiter des Rathauses und für Behördenfahrzeuge zugelassen. Ich würde Ihnen raten, schleunigst weiterzufahren; hier ist nämlich außerdem absolutes Halteverbot!«

Dirk war genervt. Er musste sich etwas einfallen lassen, um seinen Termin noch halbwegs rechtzeitig wahrnehmen zu können.

»Aber hier ist doch die Ratskantine, oder?«, pokerte er. Der Polizist hob gerade an, unwirsch zu antworten, als ihn sein Kollege auf die Beschriftung des Fahrzeugs aufmerksam machte. Er stutzte.

»Wollen Sie zur Kantine? Was ist den mit der Kantine? Gibt es da etwa Ungeziefer?«

Dirk spielte sein Spielchen weiter.

»Ich darf über betriebliche Angelegenheiten keine Auskünfte geben, aber ich versichere Ihnen, dass ich dringend erwartet werde«, antwortete er nasal.

»In Bad Pockenhausen ham' se Kakerlaken!«, raunte der zweite Polizist seinem Kollegen zu. »Sogar im Kindergarten und in der Kurklinik. Das muss man sich mal vorstellen!«

»Kommen Sie wegen der Ratten?«, rief eine Frau, die direkt neben Dirk und den Polizisten mit ihrem Fahrrad zum Stehen kam.

»Nein, nein. Alles in Ordnung hier!«, beschwichtigte der Beamte. »Der Herr hatte nur nach dem Weg gefragt.«

»Fahren Sie weiter, hier gibt´s nichts zu gucken!«, drängte der andere Polizist.

Inzwischen waren mehrere Passanten stehen geblieben und unterhielten sich darüber, welche Schädlinge meldepflichtig wären und welche nicht.

»In der Südschule sind Kopfläuse aufgetreten, aber glauben Sie nicht, dass das irgendwer zugeben würde!«, empörte sich ein älterer Herr.

»In der Südschule? Niemals! Meine beiden Jüngsten gehen dort in die dritte und vierte Klasse«, wehrte eine rundliche Frau ab.

»Sehen Sie, das will niemand zugeben. Meine Frau arbeitet schließlich in der Apotheke, die hat mir sogar Namen und Zahlen genannt. Ich will ja nicht aus dem Nähkästchen plaudern, aber ...«

»Das darf Ihre Frau überhaupt nicht!«, erboste sich ein anderer Herr. »Das fällt unter die ärztliche Schweigepflicht!«

Die beiden Polizisten waren hin und hergerissen zwischen Neugier – beruflicher Neugier selbstverständlich – und dem Bestreben, einen Volksauflauf zu vermeiden.

»Nun geben Sie mal den Bürgersteig frei. Wenn sie etwas zu bereden haben, dann können Sie das ja anderswo machen.«

»Können Sie mir ein wirksames Mittel gegen Ameisen empfehlen?«, rief eine Frau mit Lockenwicklern in den Haaren Dirk durch das Fenster in den Wagen zu. Sie war flux von ihrem Grundstück über die Straße gehuscht, weil einem ja sonst niemals so einfach ein Fachmann für Ungeziefer über den Weg läuft.

»Schluss jetzt!«, rief der ältere der beiden Polizisten. »Die Herrschaften machen sich jetzt bitte sofort auf den Weg und der Herr Schädlingsbekämpfer fährt jetzt am besten direkt in die Tiefgarage. Kurt ruf mal beim Hausmeister an, er soll eben das Tor öffnen.«

Dirk schaffte es gerade rechtzeitig vor dem Eintreffen der Ratsherren und ihrem Trupp von Spezialisten, das Equipment für die Präsentation aufzubauen. Während er sich kurz entschuldigte, um sich die Hände waschen zu gehen, betrat der Landrat erbost den Raum.

»Sie hatten mir doch einen Stellplatz in der Tiefgarage

zugesichert, nun steht da so ein Unkrautvernichter mit seiner Schrottkarre!«, beklagte er sich beim Bürgermeister.

»Unkraut? Das verstehe ich nicht!«

Dirk kam gut voran mit seiner Präsentation. Zwar mokierten sich die Zuhörer in den ersten Reihen über einen penetranten Chemiegeruch, doch spielte seine Technik ausnahmsweise einmal ohne zu murren mit.

»Hat mir sehr gut gefallen, was Sie da ausgearbeitet haben!«, lobte ihn Landrat Dr. Fascher und auch Baurat Jokowski war voll der anerkennenden Worte.

»Kommen Sie, ich lade Sie zum Essen ein«, sagte er und schlug Dirk kumpelhaft auf die Schulter.

»Aber gibt es hier nicht eine Kantine?«
Jokowski blickte sich unsicher um.

»Wir haben da angeblich ein kleines hygienisches Problem. Nur temporär und da kümmern sich bereits Fachleute drum. Kommen Sie, ich kenne einen netten kleinen Italiener gleich um die Ecke. Sie sind selbstverständlich mein Gast – und erzählen Sie bitte niemanden von unserer Kantine. Das Essen dort ist sowieso lausig!«

Hund, Katze, Maus

Dirk konnte Tieren nur teilweise etwas abgewinnen. In der Regel den Teilen, die man als saftiges Steak oder knuspriges Hähnchenbein auf den Teller gelegt bekam. Oder auch zum Beispiel jenen, aus denen man schicke Lederjacken und Accessoires herstellte. Solchen Accessoires zum Beispiel, wie seine neue, sündhaft teure Notebook-Tasche aus Büffelleder von *Blue Mountain* eines war. Tanja hingegen war geradezu entzückt von allem, was kreuchte und fleuchte, insbesondere dann, wenn dies noch im Babyalter war. Ginge es nach ihr, so wäre ihr kleines Mietshaus längst das Stall- und Verwaltungsgebäude eines kompletten Zoos geworden.

Als sich Tanja und Dirk kennengelernt hatten, gehörte ein kleines Kaltwasseraquarium zum Inventar seiner Freundin. Sie hatte damals nicht unbedingt eine innige Beziehung zu den wenigen Fischen, die laut- und lustlos ihre Kreise in dem Glaskasten zogen, pflegte und fütterte sie jedoch gewissenhaft. Ihr jüngerer Bruder Mark hingegen war kein besonders glühender Verfechter deutscher Tugenden, und unter seiner Pflege, während Tanja und Dirks erstem gemeinsamen Urlaubs in der Bretagne, verhungerten die armen Kreaturen. Da dem damals Vierzehnjährigen dieser Umstand mehr als peinlich war, ließ er die Kadaver einfach verschwinden und stellte sich doof. Tanja war außer sich vor Wut. Sie war enttäuscht von ihrem Bruder und empfand den Verlust ihres Eigentums als ungerecht. Dirk hingegen reagierte auf diese Tragödie mit seiner berüchtigten Art von Humor. Er schaltete eine Kleinanzeige im Wochenspiegel mit dem Text: Goldfisch entschwommen. Hört auf den Namen Mucki.

»Hunde stinken und Katzen sind heimtückisch und falsch!«, pflegte Dirk zu sagen. Und überhaupt waren Tierhalter allesamt asozial. Dennoch zog er insbesondere

Haustiere mit weniger als eineinhalb Metern Stockmaß geradezu magnetisch an. Hunde legten ihre schleimigen Lefzen auf seine Knie und sahen ihn hypnotisierend an, Katzen kuschelten sich ausgerechnet auf seinem Schoß und entlockten Tanja eifersüchtige Schmachtposen.

»Haut ab ihr stinkenden Drecksviecher!«, schimpfte er, wenn sich eine Schafherde beim Spaziergang über den Deich ausgerechnet um ihn scharte, während sie Tanja mieden, als hätte sie Läuse.

»Das ist so ungerecht!«, lamentierte sie und ungerecht erschien es auch Dirk.

Seine Aversion gegen Tiere zeichnete sich schon in früher Kindheit ab. Dirks Oma besaß zwei Wellensittiche, welche die meiste Zeit über frei in der kleinen Mietwohnung, im vierten Stock eines hässlichen Betonkastens, herumfliegen durften. Ihn machte das unberechenbare Geflatter völlig nervös, was Omama amüsant fand und was sie dazu veranlasste, die grässlich kreischenden Gefieder auf seine Schulter zu setzen. Stocksteif verharrte der kleine Dirki vor seinem Teller mit heiß geliebten Erdnussbutter-Toasts und musste mit ansehen, wie Sissi oder Hansi im Anflug Kotbomben darauf abwarfen. Erst als erwachsener Mann kehrte sich die Aversion gegen Vögel um in ein ausgeprägtes Interesse. Als frischer Mieter eines Einfamilienhauses mit großem Garten begann er Wildvögel zu füttern, und erfreute sich, durch die Scheiben der Terrassentür hindurch, an ihrem lebendigen Treiben. Bald darauf schon kaufte er sich Bücher zur Bestimmung der Vogelarten, und nach der Entdeckung eines seltenen Vogels im heimischen Garten, schloss er sich für kurze Zeit sogar einer ornithologischen Selbsthilfegruppe an – wie Tanja diese spöttisch zu nennen pflegte.

Geradezu panisch reagierte seinerzeit der junge Dirki auf Ratte Hugo, welche Nichte Susanne damals tagaus tagein mit sich herumtrug und die sie niedlich fand. Er fand den Nager einfach nur widerlich und Angst hatte er obendrein davor. Vor ein paar Jahren hat Susanne dann die Seiten gewechselt und seziert nun als Laborantin im *Langenheim Institut* Ratten und Mäuse.

Auf dem Weg in die Innenstadt zettelte Dirk eine halbstündige Diskussion mit einem jugendlichen Stadtstreicher über das Thema Hunde und Schnorrer an. Trat Tanja zunächst noch von einem Bein auf das andere, weil ihr die Situation peinlich und der Penner irgendwie sympathisch war, so streichelte und kraulte sie die letzten fünfundzwanzig Minuten des Disputs die räudige Töle.

»Von mir kriegst du keinen Cent!«, schimpfte Dirk. »Wenn du schon zu faul zum Arbeiten bist, dann kannst du wenigsten zum Sozialamt gehen, um dir Stütze, oder meinetwegen Harz IV, zu holen!«

»Spießer!«, war die Antwort.

»Penner!«, konterte Dirk.

Als sich Dirk schon abgewandt hatte, warf Tanja dem Jungen einen Fünfeuroschein in den Plastikbecher.

»Aber nur für den Hund. Also Hundefutter und so, nicht für Alk!«

»Logisch!«

Natürlich hatte Dirk dies mitbekommen.

»Der hat nicht einmal Danke gesagt, dieser Penner!«

Dirk duldete notgedrungen, dass Tanja vier Igelbabys im gemeinsamen Badezimmer überwintern ließ, da deren Mutter direkt vor dem Haus von einem Auto überfahren worden war. Das tägliche Fütterungsritual ertrug er mit stoischer Geduld und bei der Auswilderung im Frühjahr assistierte er unverdrossen. Davon, dass er regelmäßig das Bad und alle angrenzenden Räume mit Insektiziden desinfiziert hatte, bekam Tanja glücklicherweise nichts mit. Es hätte ein gewaltiges Donnerwetter gegeben.

Was Dirk ganz besonders in Rage brachte, war der

Umstand, dass insbesondere Hundebesitzer keinerlei Verständnis dafür aufbrachten, dass es um sie herum auf Erden auch Menschen gab, die deren Leidenschaft für die nutzlosen Vierbeiner nicht teilen mochten oder konnten. Kam ihm unterwegs eine dieser freilaufenden Bestien entgegengehechelt, so vernahm er schon von Weitem den besänftigenden Ruf: »Der tut nichts!«

Oft folgte dem dann die fast vorwurfsvolle Relativierung: »Komisch, der hat noch nie jemandem etwas getan!«

Als ob Dirk, harmloser Fußgänger und überzeugter Nutzer öffentlicher Verkehrswege, treuherzige Kuscheltiere rein telepathisch zu Monstern mutieren lassen konnte. Er wäre ihnen ja gerne aus dem Weg gegangen – sie hetzten jedoch ihm entgegen und machten sich über seinen wehrlosen Körper her!

Eines Tages aber brachte ausgerechnet der Pinscher einer gehbehinderten Rentnerin das Fass zum Überlaufen. Dirk nutzte gerade die ersten wärmenden Sonnenstrahlen des Frühlings um eine Ausarbeitung am Notebook auf einer schönen, eben erst neu errichteten Parkbank zu vervollständigen. Den Isolierbecher mit daheim gebrühtem Kaffee hatte er neben sich, die büffel-lederne Tasche an eine der Bankstreben gelehnt. Aus den Augenwinkeln sah er die Töle der alten Dame schnuppernd und schnüffelnd herantrotten, dann das rechte Hinterbein heben und einen ekelig stinkenden Strahl geradewegs auf die Notebooktasche spritzen. Dirk flippte völlig aus. Als ihn die Oma mit den Worten zu beruhigen versuchte: »Der markiert doch nur! Das ist doch seine Natur!«, gab er dem Mistvieh einen so gewaltigen Fußtritt, dass dies quietschend und jaulend in nackter Panik das Weite suchte. Auf der Polizeiwache, zu der Dirk die alte Dame zwecks Aufgabe einer Vermisstenmeldung selbst gebracht hatte, drehte diese den Spieß um und erstattete Strafanzeige gegen ihn –

wegen Tierquälerei!

»Wie konntest du nur so die Beherrschung verlieren!?«, fragte Tanja später, als sie ihren Freund vom Polizeirevier abholte. Das war doch nur ein winzig kleiner Hund. Was hat dir dieses arme, hilflose Wesen getan?«

»Er hat mir meine Notebooktasche versaut, dieses widerliche Mistvieh!«

»Man, das ist doch nur eine Tasche! Die machst du zu Hause sauber und gut ist. Wie kann man wegen so einer albernen Tasche so durchdrehen?«

»Alberne Tasche?! Das ist die Büffelleder Tasche von *Blue Mountain*, die ich mir so lange gewünscht hatte. Die kostet mal eben so zweihundertachtzig Euro – die alberne Tasche!«

»Zweihundertachtzig Euro? Davon hast du mir nie erzählt! Ich dachte, wir wollten uns einen neuen Kühlschrank kaufen!«

Neue Schuhe

Shopping war für Dirk kein Vergnügen, sondern, je nach Sachlage, notwendiges Übel oder Pflichtübung zur Pflege und Stabilisierung der Beziehung mit seiner Freundin Tanja. Einen Großteil seiner persönlichen Einkäufe erledigte Dirk im Internet, an 24-Stunden-Tankstellen oder in Bahnhöfen. Dirk kannte sich mittlerweile in den Wandelhallen der meisten Großstadtbahnhöfe besser aus, als in den Malls seiner eigenen Stadt. Mal ganz abgesehen von den vielen Einzelhandelsgeschäften seiner Wohngegend, die er ausschließlich dann zur Kenntnis nahm, wenn er dringend Geld für einen der unzähligen Parkautomaten wechseln musste.

Heute jedoch kam Dirk um einen gemeinsamen Shoppingbummel mit Tanja nicht herum. Es war seine Schuld, dass sie neunzig Minuten zu früh am Bahnhof angekommen waren, um von dort aus mit dem Regionalzug zu den Schwiegereltern – irgendwann in spe – zu gelangen. Richtiger gesagt, war es die Folge seiner Schludrigkeit, dass die Zylinderkopfdichtung seines Smart einen Schaden abbekommen hatte. Dadurch bedingt hatten sie sich schon zu nachtschlafender Zeit auf den Weg zu Dirks Smart-Werstatt begeben müssen, die in einem Gewerbegebiet lag, welches die Stadt in sicherem Abstand, einem Trabanten gleich, umkreiste. Mit anderen Worten, die Werkstatt lag am Arsch der Welt und es war reine Glücksache, ob man von hier aus mit öffentlichen Verkehrsmitteln zurück in die Zivilisation gelangte.

Nun also war Shoppingbummel in der *Henriette-Beelzig-Passage,* in unmittelbarer Bahnhofsnähe angesagt. Dirk brauchte einen neuen Rasierapparat und Tanjas Body-Lotion war aufgebraucht. Schließlich war das auch noch die Gelegenheit, sich nach Lektüre für die in Kürze bevorstehende Urlaubsreise nach Kreta umzutun. So steuerte das Paar zielgerichtet durch die schier endlosen Gänge ... bis sie das Schaufenster des ersten von unzähligen Schuhgeschäften erreicht hatten. Abrupt blieb Tanja stehen.

»Schau mal, wie findest du die da?«, fragt sie Dirk.

»Welche?«

»Na die Hellbraunen da drüben!«

Dirk bemüht sich, unter etwa einhundert Paar hellbrauner Schuhe eines herauszufiltern, welches irgendeine Besonderheit aufwies.

»Ob ich die mal anprobiere?«

»Warum nicht? Wir haben ja nichts Besseres vor.«

Tanja sah Dirk misstrauisch an. Sie war sich nicht sicher, ob das nun eben ironisch gemeint war oder nicht.

»Kommst du mit rein?«

Das war natürlich keine Frage, sondern eine Aufforderung – dicht an der Grenze zum Befehl. Also trottete Dirk brav hinterher in den riesigen Schuhladen. Dem größten Laden Europas, zumindest aber der Stadt. Gemeinsam flanierten sie die Regalkilometer entlang, fanden die Schuhe jedoch nicht.

»Warum fragst du nicht eine Verkäuferin?«, schlug Dirk vor. Tanja sah ihn missfällig an.

Alle Menschen, die etwas verkaufen wollten, waren grundsätzlich Tanjas Feinde. Erschien eine Verkäuferin auf der Bildfläche oder überschritt Tanja auch nur die Schwelle eines Geschäfts, so schaltete sie sofort auf Abwehr. Am gefährlichsten waren Fragen wie etwa: »Soll ich Ihnen den Rock in einer anderen Größe holen?« Derlei Erkundigungen waren zwar in der Regel ganz und gar wertfrei gemeint, signalisierten die pure Hilfsbereitschaft und entsprachen genau dem Angebot, welches Dirk ebenfalls bereits auf den Lippen hatte. In Tanjas Ohren jedoch wandelte sich diese Frage automatisch in die provokante Behauptung: ›Hören Sie mal, junge Frau, Sie sind doch viel zu fett für Größe achtunddreißig!‹

Wie immer konnte sich Tanja auch diesmal nicht entscheiden und die hilflos um Unterstützung bemühten Verkäuferinnen machte die Sache nur noch schlimmer. Die Schuhe, die Tanja unbedingt haben musste, gab es ausschließlich in Kindergrößen oder in Farben, die unter keinen Umständen zu ihrem Teint passten. Sollte sie jedoch im vierten oder siebten Schuhgeschäft rein zufällig das detektivisch gesuchte Paar dennoch in perfekter Größe und Couleur entdeckt haben, so war sie sich plötzlich nicht mehr sicher.

»Wegen genau dieser Schuhe latschen wir seit einer dreiviertel Stunde von Laden zu Laden!«

»Ja, aber eigentlich suche ich etwas für mein Kostüm. Das hier sind Jeans-Schuhe, die kann ich unmöglich zu einem Rock tragen!«

Also nochmals mit der Suche von vorne beginnen, diesmal jedoch ein ganz anderes Schuhpaar in völlig anderer Farbe. Ein zusätzliches Handicap war, dass Tanja sich weigerte, die bereits aufgesuchten Geschäfte ein zweites Mal zu betreten.

»Die Verkäuferin muss mich ja für bescheuert halten, wenn ich jetzt noch mal hereinspaziere und ganz andere Schuhe suche als vorhin. Die hat mich sowieso total arrogant behandelt, so als ob ich mir die Chelsea-Boots von *Piedevaro* gar nicht leisten könnte. Dabei verdient die sicherlich nicht einmal ein Viertel meines Gehalts.«

»Ja Tanja, wird wohl so sein!« – Augen-roll!

Nun wurde es schwierig, denn in Bahnhofsnähe gab es jetzt nur noch Deichmann, ABC-Schuh und einen kleinen, altmodischen Laden, dessen Auslagen bestimmt seit Jahren weder ausgetauscht, noch vom Staub befreit worden waren.

»Wusstest du, dass Männer statistisch gesehen 154 Tage ihres Lebens damit verbringen, auf ihre einkaufenden

Ehefrauen zu warten?«

Tanja bekam ein rotes Gesicht.

»Wer sagt das?!«

»Die Statistik.«

»Welche bescheuerte Statistik? Ich meine eine Statistik ist die Analyse und Auswertung quantitativer Informationen aus empirisch gewonnenen Daten. Haben da irgendwelche Interviewer Paare über Jahre hinweg beim Shoppen begleitet?«

»Ich hab's halt gelesen und nun reg dich wieder ab, Schatz!«

Tanja hatte sichtbar die Lust verloren, was Dirk eindeutig begrüßte, auch wenn die Stimmung nun ziemlich im Eimer war. Sie schlenderten zurück zur *Henriette-Beelzig-Passage* mit dem Vorsatz, sich bei einem Cappuccino die restliche Zeit zu vertreiben.

»Warte mal – hast du die Jeans gesehen?«

Tanja blieb abrupt vor dem Schaufenster einer Modekette stehen. Ihr Zorn auf Dirks bissige Bemerkung schien schlagartig verflogen zu sein.

»Das sind Herrenklamotten, das hast du schon bemerkt, oder?!«

»Ja ... nee, ich meine für dich. Lass uns da mal reingehen. Du solltest dir ruhig auch hin und wieder eine neue Hose kaufen.«

Bevor Dirk in der Lage war, ein paar triftige Ausreden zu erfinden, standen sie schon vor einem übergroßen Regal, in dem vom Boden bis zur Ladendecke scheinbar identische Jeanshosen gelagert waren. Dirk blies sich die Backen auf.

»Ich kann doch nächsten Mittwoch nach einer Hose für mich Ausschau halten, wenn ich mit Nils in Hamburg bin. Der kennt sich da aus und er hat mir doch schon ein paar Mal beim Klamottenkauf geholfen.«

»Dein Kollege Nils hat einen stockschwulen

Geschmack!«

»Na hör mal, nur weil er keine Freundin hat, muss er doch nicht gleich schwul sein!«

»Ist er aber, glaub' mir! Frauen sehen das!«

»Und wenn schon. Deshalb hat er doch keinen schwulen Geschmack! Er kleidet sich modisch, das findest du doch normalerweise gut. Du sagst mir immer, ich solle mich mal etwas moderner kleiden!«

Tanja ging nicht weiter auf dieses Thema ein.

»Hier, wie wäre es mit der hier? Warte mal und die kannst du auch gleich mitnehmen.«

»Die ist mir viel zu eng, das sehe ich so schon!«

»Dann nimmst du die halt zusätzlich eine Nummer größer mit. Nun stell dich doch nicht so an!«

Ein Verkäufer näherte sich und Tanjas Mine verfinsterte sich augenblicklich.

»Sie kommen klar?«, fragte er höflich.

»Ja ja, wir wollen nur eine Jeans kaufen. Das schaffen wir gerade so noch ohne fremde Hilfe!«

Der Mann hob abwehrend die Hände und kehrte auf dem Absatz um.

»Du hättest den wirklich nicht so anzublaffen brauchen!«, ärgerte sich Dirk. »Der arbeitet schließlich hier und wollte doch nur helfen!«

»Verkäufer wollen grundsätzlich nie helfen, sondern nur die Ware bewachen!«, konterte Tanja. »Hast du schon mal erlebt, dass dir in deinen Baumärkten oder Elektronikfachgeschäften ein Verkäufer helfen wollte? Die stellen nur Leichtathleten ein, die vierhundert Meter in fünfundvierzig Sekunden laufen! Da hast du als Kunde keine Chance! Bevor du da eine Frage auch nur gedacht hast, sind sie längst ganz weit hinten im Lager verschwunden.«

»Das ist hier aber kein Baumarkt!«

»Beeil dich lieber, wir haben nicht mehr so viel Zeit! Da

vorne sind die Kabinen.«

Die zu enge Jeans war erwartungsgemäß zu eng und die größere Größe erwies sich als exakt genau so eng, wie die zu enge Enge. Das zweite Modell, welches ihm Tanja in den Arm gedrückt hatte, saß im Schritt wie ein Sack. Dirk schob den Vorhang ein Stück zur Seite und hielt Ausschau nach seiner Freundin. Er sah sie nicht.

»Tanja!«, rief er, doch der Ruf verhallte ungehört. Genervt zog er das Probestück aus, seine eigene Jeans wieder an, bückte sich in der viel zu engen Kabine, um sich die Schuhe zuzuschnüren, nahm seinen Rucksack und die Notebooktasche und verließ die Umkleidekabine.

»Wo warst du denn? Ich hab´ dich überall gesucht!«, schnauzte er Tanja an, die gerade einen Stapel Hosen durchwühlte.

»Bist du schon fertig? Ich wäre schon gleich gekommen! Hier, wie findest du die hier? So etwas trägt man heute und die sind alle auf die Hälfte reduziert.«

Widerwillig machte sich Dirk erneut auf den Weg zu den Umkleidekabinen. Er stellte seinen Rucksack ab, bückte sich, um die Schuhe wieder aufzuknoten, streifte sich seine Hose ab und schlüpfte in das reduzierte Modell, welches man ja heute angeblich so trug. Er hatte noch nicht einmal den Reißverschluss hochgezogen, da öffnete sich der Vorhang ein Stück weit und Tanja reichte drei weitere Hosen hinein. Dirk kämpfte mit der Enge, den unmöglichen Schnitten, mit Knöpfen, die nicht in die dazugehörigen Löcher passten.

»So ein Dreck!«, schimpfte er.

Das letzte Kleidungsstück schließlich gefiel ihm wirklich, auch wenn es durchaus eine Nummer größer hätte ausgefallen können. Erneut lugte er aus der Kabine und suchte seine Freundin.

»Tanja! Tanja, wo steckst du denn wieder!? Verdammte Kiste!«

Kunden sahen ihn teils empört, teils mitleidig an.

»Ich suche meine Freundin!«, entschuldigte sich Dirk verlegen.

»Ich bin auch nur Kunde, ich arbeite hier nicht!«, gab ein Mann zurück.

»Ja ... nein. Verdammt, wo steckt die denn!?«

Nach endlos erscheinender Wartepause entkleidete sich Dirk wieder, schlüpfte in seine eigene Jeans, bückte sich in der viel zu engen Kabine, um seine Schuhe zuzubinden. Als er sich eben aufrichten wollte, um seine sieben Sachen zusammenzuklauben, spürte er einen stechenden Schmerz in der Lendenwirbelgegend. Er zuckte zusammen, sein Körper nahm eine Schutzhaltung an. Dirk kam nicht mehr hoch. Ein Hexenschuss, das hatte gerade noch gefehlt! Vor Schmerz schnaufend, versuchte er, irgendwie die Kabine zu verlassen. Er tastete hinter sich, nach seiner Notebooktasche. Ein weiterer schmerzhafter Stich jagte ihm durch das Kreuz. Dirk suchte Halt, ergriff den Vorhang der Kabine und fiel langsam nach vorne. Es gab einen scheppernden Lärm, es krachte und ratschte, und Dirk fand sich vor der Kabine, in samtigen grauen Stoff gehüllt, auf dem Fußboden wieder. Während eine riesige Staubwolke auf ihn hisniederging, richteten sich hundert Augenpaare auf ihn. Nicht einer der umstehenden Kunden machte Anstalten, ihm zu Hilfe zu eilen. Auch als er sich verzweifelt mühte, wieder auf die Beine zu kommen, sah er nur argwöhnische, verachtende Blicke auf sich gerichtet. Dirk klammerte sich an die Kabinenwand und zog sich Millimeter für Millimeter nach oben. Sein Blick wanderte durch das Geschäft, in der Hoffnung, Tanja irgendwo zu entdecken. Stattdessen sah er den Verkäufer am anderen Ende des Raumes nach seinem Handy greifen, und ihn während des Telefonierens fest im Augen zu behalten. Nur wenige Sekunden später erschien ein bulliger

Mittvierziger in schwarzer Hose und hellblauem Hemd, der sich auffällig unauffällig in Nahkampfstellung neben den Umkleidekabinen postierte.

Dirk ließ die Anprobestücke da liegen, wo sie waren. Er schleifte seinen Rucksack hinter sich her. Die Umhängeschlaufe der Notebooktasche wickelte er um sein Handgelenk, damit diese nicht vor seinen Füßen baumelte. Mit schmerzverzerrtem Gesicht und in gebückter Haltung machte er sich auf die Suche nach Tanja. Die anderen Kunden um ihn herum beobachteten ihn, als wäre er ein Monster oder zumindest ein Vollidiot. Tanja war nirgendwo zu sehen. So schlich er zur Eingangstür. Der Verkäufer, den Tanja so unnötig angeblafft hatte, musterte ihn argwöhnisch. Als Dirk aus dem Geschäft zurück in die Einkaufspassage trat, sah er seine Freundin, die sich in bester Laune mit einer anderen Frau unterhielt.

»Tanja!«, stöhnte er.

Die beiden Frauen drehten sich nach ihm um.

»Was machst du denn da?!«, fragte Tanja.

»Was mache ich wohl, verdammt!? Ich habe einen Hexenschuss und du warst nirgendwo zu finden!«

»Ich habe Sarah vorbeigehen sehen und da habe ich nur mal für eine Sekunde das Geschäft verlassen. Mein Gott!«

»Ich geh' dann mal. War schön!«, entschuldigte sich Sarah und machte, dass sie weiter kam.

»Tschüss Sara, wir telefonieren!«

Tanja wandte sich wieder Dirk zu: »Hast du jetzt gar keine Hose gekauft?«

»Und hast du jetzt gar keine Schuhe gekauft?!«, antwortete der spitz.

Tanja verdrehte die Augen.

»Wir müssen sowieso los, der Zug fährt in sieben Minuten!«

»Warte! Nun renn doch nicht so! Ich habe einen Hexenschuss, verdammt!«

»Sag mal, bist du eigentlich schwul?«, fragte Dirk seinen Kollegen Nils, als sie gemeinsam durch das Gänsemarktviertel spazierten. Nils hatte gerade einen großen Biss aus seinem Heringsbrötchen genommen. Langsam drehte er sich zu Dirk um.

»Wie kommst du da jetzt drauf?«

»Na ja, das war eine Überlegung Tanjas. Weil du keine Freundin hast und so.«

»Und was bedeutet: ›und so‹? Gibt es da noch etwas, was Tanjas Vermutung unterstreichen würde?«

Dirk fühlte sich unbehaglich. Hätte er bloß nie mit diesem doofen Thema angefangen!

»Sie sagt, dass du dich ... modisch kleidest. Das würden Männer sonst nicht machen. So ähnlich halt – ach was weiß ich?!«

Wortlos gingen die beiden nebeneinander her. Plötzlich blieb Nils stehen.

»Hier, du wolltest dir doch eine Hose kaufen.«

Dirk folgte seinem Blick.

»Die ist pink!«

»Das trägt man heute so ... in unseren Kreisen!«

»Mann, das habe ich doch gar nicht gemeint! Ich dachte nur, weil wir uns jetzt schon so lange kennen. Und überhaupt – wäre doch kein Problem!«

»Da wir uns nun schon so langen kennen, müsstest du eigentlich wissen, dass ich schüchtern bin! Frauen haben Angst vor schüchternen Männern! Außerdem halten mich die meisten Frauen für schwul, nur weil ich auf ein gepflegtes Äußeres achte, und nicht in Sack und Asche herumlaufe, wie andere Männer. Nicht alle Männer, aber eben viele von denen!«

Shoppen mit Sylvie

Wenn Tanja mit neuen Klamotten nach Hause kam, die Dirks Meinung nach irgendwie merkwürdig an ihr aussahen, dann war sie zuvor mit ihrer besten Freundin Sylvia auf Einkaufstour gewesen. Sylvie war eine selbst ernannte Shoppingqueen und ein Modenerd. Wie sie auf die Idee kam, etwas von Schick und Couture zu verstehen, wusste niemand aus ihrem Bekanntenkreis so genau. Trotzdem glaubten einige ihrer Freundinnen so fest an ihre Stilsicherheit, wie manch tief religiöser Katholik an die Marienerscheinung von Lourdes – so auch Tanja. Sylvie hatte zwar eine ganz passable Figur, ihrer Garderobe nach zu urteilen traute sie dieser jedoch selbst nicht so einhundertprozentig. Auch kam sie mit ihrem jährlich um den Faktor Eins ansteigenden Alter lange nicht so unverkrampft klar, wie beispielsweise Tanja. Die musste auf ihre 30-Plus-Situation erst durch Dritte aufmerksam gemacht werden, bevor sie sich mit dem Thema Alter befasste. Und das, obwohl sie diese magische Schallmauer erst vor einem halben Jahr durchbrochen hatte. Sylvie kleidete sich eine Idee zu jugendlich und ließ sich eine Idee zu streng frisieren, auch wenn sie dies durch das freche Hochgelen ihres Bubikopfs wieder zu relativieren versuchte.

Wenn sich die Frauen auf den Weg begaben, die Geschäfte und Malls in der näheren Umgebung unsicher zu machen, dann durfte sich Dirk nicht blicken lassen. Selbst Kurznachrichten oder gar ein Anruf, galten bereits als Einmischung in die Intimsphäre der beiden. So wartete er geduldig auf die Rückkehr seiner Freundin, oder ging einfach seinen eigenen Interessen nach.

War Tanja hingegen einmal alleine unterwegs gewesen, um sich ein paar Kleidungsstücke zu kaufen, so musste sie Dirk anschließend auf die erstandenen Stücke erst aufmerksam machen. Von selbst hätte er keinerlei Veränderungen im Aussehen seiner Freundin bemerkt. Kam sie jedoch von einem dieser berüchtigten Sylvie-Nachmittage zurück, so alarmierte ihn ihr Anblick so, als trüge sie Signalweste und Bauhelm mit eingeschalteter Rundumleuchte.

Es gab in der Stadt endlich eine Niederlassung des katalanischen Modelabels *Desigual*. Alles war bunt, bunt, bunt. Man konnte die schnieke Lässigkeit der Designer aus Barcelona nicht tragen, ohne ein gewisses Aufsehen damit zu erregen. Die Kleidung sah ein wenig wie *Cirque de Soleil* für jedermann aus. Für jedermann, der jung und schlank genug dafür war. Größe 34 war stilistisch gesehen schon das Ende der Fahnenstange, obwohl etwas höheren Nummern durchaus angeboten wurden.

Sylvie holte Tanja an diesem Tag bereits von Kopf bis Fuß *Desigual*-kostümiert ab und Dirk ahnte Schlimmes. Irgendwie konnte er sich nicht vorstellen, dass seine meist eher dezent gekleidete Tanja, in einem Zirkuskostüm noch ernst zu nehmend wirkte.

»Tag Schätzchen, hallo Dirk!«

Sylvie konnte in einem Satz übergangslos von Sopran auf Bariton umschalten.

»Hi Sylvia. Heute mal nicht als Cheerleader unterwegs?!«

Sylvie warf ihm einen bitterbösen Blick zu.

»Lass uns verschwinden. Machs gut Dirk!«, rief Tanja ihrem Freund im Hinausgehen zu.

Dirk sah den beiden Frauen hinterher, wie sie in Sylvies offenen Mini-Cooper davonbrausten. Eigentlich sieht meine Freundin in einem Cabrio richtig gut aus, dachte er. Hoffentlich kann ich das nachher auch noch sagen, wenn sie von Sylvie kostümiert wurde.

»So kann ich nicht rumlaufen! Wann soll ich denn so etwas tragen?«, beklagte sich Tanja.

»Wieso? Das trägt man so. Ist doch todschick!«

»Aber ein Kleid aus solch einem Stoff?«

»Das ist Baumwolle, Schätzchen. Was hast du gegen Baumwolle?«

»Das kratzt und juckt am ganzen Körper!«

»Da zieht man ja auch etwas Langes drunter!«

»Mich juckt es überall! Nee, ich kann so etwas nicht tragen!«

Tanja verschwand wieder in der Umkleidekabine und Sylvie rollte mit den Augen.

»Polyester!«, rief sie Sylvie empört zu. »Das ist reines Polyester, keine Spur von Baumwolle!«

Wenige Sekunden später schob Sylvie den Vorhang ein Stück zur Seite.

»Hier, ich hab' was für dich. Das musst du unbedingt anprobieren! Das ist wie für dich gemacht!«

Skeptisch schlüpfte Tanja in Rock und Jacke eines knall-bunten Kostüms, welches wie ein Flickenteppich aussah. Die Jacke war etwas knapp und dadurch, dass sie unten breiter war als an den Schultern, sah es aus, als hätte Tanja einen Fleischwulst um die Hüfte herum. Sie zog den Vorhang auf und zeigte sich ihrer Freundin mit ver-zerrtem Gesichtsausdruck.

»Nee! Hast recht, das geht gar nicht!«, sah Sylvie ein.

Ein paar vorbeischlendernde Teenager musterten die beiden Frauen, als ob sie ausgestopfte Dingos wären.

»Ihr braucht gar nicht so zu glotzen!«, raunte ihnen Sylvie kaum hörbar hinterher.

»Nee, ich weiß nicht!«, lamentierte Tanja. »So im Fens-ter und an den Schaufensterpuppen sehen die Sachen ja alle toll aus, aber so in echt?! Ich meine, wer kann denn so etwas tragen?«

»Findest du, ich könnte kein *Desigual* tragen?«, fragte Sylvie verschnupft und sah an sich herunter.

»Doch! Das meine ich ja gar nicht! Du hast ja eine ganz

andere Figur als ich.«

»Quatsch!«

»Und außerdem ist es doch so, dass die Kleidungsstücke zwar im Schaufenster und auf Kleiderbügeln total schick aussehen, nur laufen sie ja nicht alleine durch die Gegend herum. Wenn du sie dann anziehst, wird da eine ganz andere Sache draus. Ich weiß nicht, irgendwie kann ich so etwas nicht tragen!«

»Du traust Dich nur nicht, Schätzchen!«

Tanja hatte keine Lust mehr und auf die Accessoires wollte sie sich auch nicht einlassen.

»Wenn mir die Sachen nicht stehen, dann möchte ich auch nicht einen Schal oder eine Handtasche als Trostpreise haben.«

Sylvie schwieg dazu. Sie selbst hatte einen Sommermantel und zwei Blusen über dem Arm. Auf dem Weg zu Kasse legte sie die Sachen einfach auf einen Kleiderständer.

»Die haben hier einen neuen *Brizz*-Laden, kennst du den schon?«, fragte sie Sylvie im Hinausgehen.

»Ja na klar, da habe ich meine Hose her«, antwortete Tanja.

»Die, die du gerade anhast? Komm, da müssen wir sofort hin!«

»Ach nee, die Hose ist von *Braxx*.«

»Egal!«

»Sieh mal, die haben den schnuckeligen Fiat 500 falsch geparkt!«, spottete Tanja.

Sylvie drehte sich suchend um.

»Wo ist ein Fiat falsch geparkt?«

»Na da – direkt im Laden!«

Mehrere Polizisten standen um einen lindgrün lackierten Kleinwagen herum und diskutierten mit dem wild gestikulierenden Filialleiter der *Brizz*-Filiale. Das Auto stand im Eingangsbereich des Geschäfts und sollte der Hauptgewinn eines Preisausschreibens sein. Über Sylvies Gesicht huschte ein flüchtiges Lächeln, dann war wieder volle Shoppingkonzentration angesagt. Bei *Brizz* gab es nicht nur ganz ansehnliche Kleidung auch für reifere Twens, der Laden war überdies mit ›Sale!‹-Schildern gespickt. Je weiter es die beiden in das Innere der Filiale schafften, desto mehr Rabattprozente gab es auf die Artikel. ›70% auch auf alle reduzierten Artikel‹ – das war einfach unglaublich! Sylvie kämpfte sich gegen ganze Jahrgänge des Gymnasiums bis an die Regale und Grabbeltische vor und ergatterte gleich einen ganzen Arm voller Modeschnäppchen.

»Hier, übernimm mal eben meine Kabine«, rief sie Tanja zu. »Gib die Umkleide unter keinen Umständen auf, ich bin gleich zurück!«

Auch Tanja war erfolgreich und am Schluss standen beide Frauen siegessicher in der endlosen Warteschlange vor den Kassen. Im ganzen Geschäft herrschte eine unglaubliche Goldgräberstimmung – nur hinter den Terminals nicht. Abgesehen von der Tatsache, dass die jungen Damen dort am Rande der totalen Erschöpfung arbeiteten, schien das Betriebsklima deutlich unterkühlt zu sein. Egal, dachten sich Sylvie und Tanja, als sie hochzufrieden die Einkaufspassage verließen, um sich einen wohlverdienten Cappuccino bei *Flaviano* zu gönnen.

»Ich frage mich, wie die bei diesen Preisen überhaupt noch etwas verdienen«, überlegte Tanja.

»Ja, dass die das gesamte Sortiment reduzieren – und dann noch so drastisch – das ist schon ein Hammer!«, bestätigte Sylvie.

Tanja rührte ihren Cappuccino gedankenverloren um.

»Ob die pleite sind?«

»Glaub' ich nicht. So lange gibt's den Laden doch noch

gar nicht! Hat nicht dein Dirki am Bau der Passage mitgearbeitet?«

»Nein, Dirk ist doch kein Architekt. Er hat am Bebauungsplan mitgewirkt, an der Quartier Kompatibilität und an solchen Dingen. Aber am Gebäude selbst war er nicht direkt beteiligt und mit den einzelnen Geschäften hat er sowieso nichts zu tun.«

Am Nebentisch nahmen zwei Frauen in Tanja und Silvies Alter Platz. Auch sie hatten mehrere prall gefüllte Einkaufstaschen mit dem Aufdruck der *Brizz*-Filiale bei sich.

»Meine Kollegin aus der Kantstraße«, flüsterte Sylvie Tanja zu. »Die muss sich jeden Morgen die Zähne föhnen!«

Unweigerlich lauschten die beiden dem Gespräch der Neuankömmlinge.

»Das ist doch eigentlich ein Unding, dass die die Artikel nicht umtauschen. Nicht einmal, wenn die nachweislich völlig verschnitten sind«, empörte sich Sylvies Kollegin.

»Aber warum hast du das denn nicht schon beim Anprobieren bemerkt?«

»Ich hab die nur kurz angehalten. Du weißt doch selbst, dass es unmöglich war, eine Umkleidekabine zu bekommen!«

»Wir haben es geschafft; war gar nicht so schwer!«, raunte Sylvie Tanja triumphierend zu.

»Aber es stand doch ausdrücklich dran ›kein Umtausch von reduzierter Ware‹«, entgegnete die andere Frau.

»Es war doch alles reduziert. Die können doch nicht generell den Umtausch ausschließen. Ich meine, das dürfen die doch rein rechtlich gar nicht!«

»Willst du den Landen verklagen? Wegen nicht einmal fünfundzwanzig Euro?«

»Es geht ja gar nicht nur um das eine Teil«, fuhr die Kollegin fort zu lamentieren. »Die ganzen Klamotten stinken doch penetrant. Das konnte man im Geschäft selbst nicht feststellen, weil die dort Duftaromen mit der Klimaanlage versprühen.«

»Woher weißt du das denn? Außerdem geht der Geruch doch beim Waschen raus. Ist doch nur Appretur.«

Sylvie sah Tanja vielsagend an. Dann stutzte sie, öffnete ihre *Brizz*-Tüte und schnupperte hinein. Sie sagte nichts, doch ihr Naserümpfen sprach eine eindeutige Sprache.

Die beiden Frauen kauften noch ein paar profane Artikel ein; Shampoo und Seife, sowie Futter für Sylvies Katze und Tanja ließ die Batterie ihrer Uhr austauschen. Dann machten sie sich auf den Weg zu dem neu eröffneten Restaurant *Wagenburg*, wo es die besten Rinderfilets des Jahrhunderts geben sollte.

»Wo hast du deine Tasche gelassen?«, fragte Tanja erstaunt, als sie Platz genommen hatten.

»Welche Tasche meinst du? Ich habe meine Handtasche auf dem Schoß.«

»Nein, die Einkaufstüte von *Brizz*. Deine ganzen Einkäufe, wo sind die hin?«

Sylvie machte einen indifferenten Gesichtsausdruck und besah sich die Speisekarte. Für einen Augenaufschlag sah sie Tanja an.

»Hab ich stehen gelassen. Vorhin im Kaffee.«

»Was?! Dann müssen wir doch sofort zurückgehen, bevor sich jemand anderes die Sachen nimmt!«

Sylvie fing an zu flüstern:

»Das ist Sondermüll! Hast du den penetranten Gestank gerochen? Die Sachen stammen aus China oder direkt von *Dow Chemicals*. Die Ausdünstungen bekommst du da nie wieder raus! Ich ruiniere doch nicht meine Gesundheit.«

Tanja schüttelte den Kopf.

»Ach vergiss es!«, sagte Sylvie. »War ein Fehlkauf und Umtausch oder Rückgabe sind ausgeschlossen. Nun lass uns mal bestellen, ich habe einen Mordshunger!«

»Wart ihr gar nicht Shoppen?«, wunderte sich Dirk später, als er seine Freundin so völlig unverändert in Empfang nahm.

»Ich habe mir endlich eine neue Batterie für meine Uhr einbauen lassen«, gab Tanja kleinlaut zurück.

»Und was ist in der Einkaufstüte von *Brizz*?«

»Nichts. Da ist nur Müll drin; schmeiß ich gleich draußen in die Tonne.«

»Wusstest du überhaupt, dass die *Brizz*-Filiale vom Ordnungsamt geschlossen wurden? Ich hab´s vorhin im Radio gehört. Die Textilien sind irgendwie chemisch verseucht und extrem gesundheitsschädlich.«

Onkel und Tantes Ferienhaus

An Wochenenden nahmen sich Dirk und Tanja für gewöhnlich richtig viel Zeit für das gemeinsame Frühstück. Es war für die beiden zu einer kleinen Zeremonie geworden. Je nach Wetterlage fuhr entweder Dirk noch im Jogginganzug mit dem Fahrrad zum Bäcker, um Brötchen zu kaufen, oder, wenn es zu nass oder kalt zum Fahrradfahren war, joggte Tanja die gut zwei Kilometer weit zum Bäcker. Der jeweils andere Partner bereitete zwischenzeitlich den Frühstückstisch vor, kochte Kaffee und Eier, und sortierte schon einmal die Werbebeilagen aus der Zeitung heraus.

An diesem Tag war bestes Fahrradwetter und als Dirk gut gelaunt von seiner Brötchentour zurückgekehrt war, legte Tanja bereits die Tageszeitung beiseite. Es gab frische Croissants, Dinkelbrötchen, den guten Biokäse direkt vom Erzeuger im Nachbardorf und selbst gemachtes Johannisbeergelee von Tanjas Freundin Sarah. Während Tanja auf ihrem Tablet-PC die Emails checkte, überflog Dirk die Schlagzeilen der Tageszeitung.

»Du Schatz, was hältst du mal von einem Wochenende irgendwo an der See?«, fragte Tanja.

»Hm. An welcher See?«

»Na ja, wir hätten da zwei Meere zur Auswahl, die sich für einen Wochenendtrip eignen würden: die Nordsee und die Ostsee!«

Dirk blickte stirnrunzelnd von seiner Zeitung auf, wo er soeben gelesen hatte: ›Bischofskonferenz weitet Missbrauchsrecht aus.‹

»Nein ich meine, an was dachtest du da?«

»Sarah hat mir von St. Peter-Ording gemailt. Sie war ganz begeistert und was sie so schreibt, klingt wirklich verlockend.«

»Hm. Ich weiß nicht. Da ist doch sowieso meist Ebbe und wenn die Flut dann einmal überraschend kommt, ist gerade die Nacht hereingebrochen oder es regnet.«

Das Thema wurde zunächst vertagt, zwei Wochen später jedoch erneut diskutiert. Dirks Tante Helga hatte Jahre nach der Scheidung von ihrem lebenslustigen und trinkfesten Mann – Onkel Willi – einen neuen Lebenspartner gefunden und der besaß ein kleines Ferienhäuschen in der Nähe des Timmendorfer Strands.

Für ein um einen Tag verlängertes Wochenende sollte es nun also an die Ostsee gehen. Dirk und Tanja durften es sich in dem Urlaubsdomizil kostenlos gut gehen lassen. Zuvor wurde Dirk jedoch von Tantchen am Telefon darum gebeten, in dem von einer Agentur verwalteten Ferienhaus nach dem Rechten zu sehen.

»Wir selbst sind ja nur ganz selten mal dort oben«, hatte Tante Helga erklärt. »Das letzte Mal waren einige Glühbirnen defekt und so richtig sauber gemacht hatte die Verwaltung auch nicht. Das fällt dann alles auf uns zurück und wir bekommen eine schlechte Bewertung im Internet!«

»Geht schon klar, Tantchen, wir kümmern uns darum!«

Am Freitagmorgen um kurz nach sieben belud Dirk den Smart. Es grenzte an ein Wunder, dass er die beiden mittelgroßen Reisetaschen in der winzigen Blechbüchse unterbringen konnte und dennoch genügend Beinfreiheit für die lange Fahrt gen Norden verblieben war. Dirk umrundete prüfend das Töff-Töff und stolperte fast über eine buntgemusterte Katze, die ihm eben um die Beine schwänzelte.

»Hahh! Hast du mich erschreckt! Verschwinde, du Mistvieh! Wo kommst du denn eigentlich her?«

Die Katze setzte sich direkt vor Dirk auf die gepflasterte Auffahrt, blinzelte ihn an und gab ein lautes, anklagendes Jaulen von sich. Dirk hatte keine Zeit, keine Lust und überhaupt hasste er Katzen! Ganz anders Tanja, die sich verzückt auf den Streuner stürzte und ihn durchkraulte.

»Komm Schatz, wir wollten schon vor einer Viertelstunde losgefahren sein!«, drängelte Dirk.

Als Dirk die etwas kitschig mit Butzenscheiben versehene Holztür des Häuschens aufgeschlossen und geöffnet hatte, kam ihm ein muffiger Geruch entgegen. Schon im Eingangsbereich war klar zu erkennen, dass hier mit Sicherheit seit der vorherigen Vermietung nicht sauber gemacht worden war.

»Wie sieht es denn hier aus?!«, stöhnte Tanja entsetzt.

»Hm. Da müssen wir wohl mal kurz mit dem Staubsauger drüber gehen«, befand Dirk.

Bei näherer Betrachtung war es dann doch nicht mit Staubsaugen getan. Die Herdplatten waren regelrecht karamellisiert und schmutziges Geschirr stapelte sich in und neben der Spüle. Das Bad zeigte deutliche Spuren von Männern, die im Stehen pinkeln. Am ekeligsten waren die Flecken in der Bettwäsche, am schwierigsten zu beheben der Gewaltschaden an der Terrassentür. So brachte das junge Paar den Anreisetag komplett damit zu, das Ferienhaus gründlich zu reinigen. Am Abend waren sie dann zu müde, um sich mit einem Glas Wein auf die Terrasse zu setzen und den abendroten Himmel bei herrlichen Sommertemperaturen zu genießen. Während Tanja die Betten neu bezog, fuhr Dirk kurz zum nächsten Italiener und holte eine Pizza für sich und einmal Tagliatelle mit Pancetta-Röllchen für Tanja. Beides zum Mitnehmen – für insgesamt fast dreißig Euro!

Samstag Vormittag besorgte Dirk erst einmal im nächstgelegenen Baumarkt ein neues Schloss für die Terrassentür, Schrauben, Leim und Holzleisten, um die Tür notdürftig zu reparieren. Es war ihm bewusst, dass dies nur ein Provisorium sein würde und dass Tante Helga später nicht drumherum kam, einen ordentlichen Handwerker zu beauftragen. Erst gegen Mittag war er mit den gröbsten Arbeiten fertig. Und auch Tanja, die den wadenhohen Rasen um das Ferienhaus herum mit einem altersschwachen Benzinrasenmäher bearbeitet hatte, stellte ihr Arbeitsgerät erschöpft und entnervt zurück in den Geräteschuppen.

»Aus, Schluss, vorbei – ich rühre keinen Handschlag mehr!«, stöhnte sie, als sie sich auf einen der Liegestühle fallen ließ. Dirk brachte zwei Flaschen Bier mit und setzte sich zu ihr. Es begann leicht zu nieseln.

Vom Wochenende waren jetzt nur noch der halbe Samstag und der komplette Sonntag übrig geblieben. Am Abend hatten sie sich dann auch schon wieder auf den Rückweg zu begeben. Aus Nieseln wurde allmählich ein typisch norddeutscher Dauerregen. Der Himmel hatte sich verdunkelt und man konnte durch den Regendunst hindurch nicht einmal mehr das Meer sehen.

»Lass uns kurz duschen und dann wenigstens irgendwo schick etwas essen gehen«, schlug Tanja vor. Die Dusche wurde, genau wie die Heizungsanlage, mit Gas betrieben. Tanja stand entkleidet in der viel zu engen Duschkabine und versuchte, eine angenehme Wassertemperatur einzustellen.

»Schatz, kommst du mal bitte?«, rief sie ihren Freund zu sich.

»Ich bekomme kein warmes Wasser! Gestern Abend ging es doch noch.«

»Lass mich mal versuchen. Das ist eine Thermostatarmatur«, schlaumeierte Dirk, obwohl diese sich nur optisch von der eigenen Armatur daheim unterschied.

Mit den Worten: »Ich schau mal, ob ich etwas finde«, machte er sich auf die Suche nach der Gastherme, die irgendwo in dem kellerlosen Häuschen versteckt angebracht sein musste. Er fand sie nicht und so lief er kurz hinüber zum Nachbarn, dessen Ferienhaus baugleich und damit mutmaßlich mit der gleichen Technik ausgestattet war. Otto Giersch, ein freundlicher Pensionär, der sein Ferienhaus dauerhaft zu bewohnen schien, öffnete die Haustür bereits mit einem breiten Grinsen und den Worten: »Die Heizung geht nicht, stimmts?«

Die Lösung des Problems war dann ganz einfach zu erklären, jedoch für den Moment nicht befriedigend aus der Welt zu schaffen. Irgendwo im Ort war die Gasversorgung wegen eines Leckageschadens unterbrochen worden. Die Stadtwerke bemühten sich, den Fehler schnellstmöglich zu beheben. Eine Spezialfirma war bereits angefordert worden und würde sich noch im Laufe dieses Wochenendes auf den Weg machen.

Tanja hatte sich indessen wieder angekleidet. Sie fror. Ihre Stimmung war im nicht vorhandenen Keller angelangt und als Dirk von seiner Erkundung zurück war, sah sie ihm schon am Gesichtsausdruck an, dass aus einem wohltuenden Duschbad nichts werden würde.

»Weißt du was? Wir machen uns eben die Haare und dann benutzen wir halt etwas mehr Deospray und Eau de Toilette. So haben es die Leute bei Hofe früher immer gemacht.«

»Wir leben aber nicht früher, und bei Hofe schon gar nicht!«, schimpfte Tanja. »Hier schau dir mal meine Haare an! Was willst du da ohne warmes Wasser machen?«

Dirk rang sich noch ein paar Alternativvorschläge ab, doch Tanja hörte schon nicht mehr zu. Sie wickelte sich in eine Decke ein und zog sich auf die Couch zurück. Sie schaltete ihren Tablet PC an und öffnete ihre Hotel-App. Es war Hochsaison und somit schwierig ein vergleichbares Ferienhaus kurzfristig zu buchen. An einem Samstag sogar besonders schwierig. Je länger sie dies versuchte, desto mehr wuchs bei ihr die Erkenntnis, dass es schier unmöglich war. Auch Dirk, der eine Auswahl von Vermietern und Agenturen, die er im *Timmendorfer Anzeiger* gefunden hatte, abtelefonierte, konnte keinerlei Erfolg vermelden.

»Hast du eigentlich Kreditkarten dabei?«, fragte Tanja.

»Ja, wieso? Hast du was gefunden?«

Tanja drehte das Tablet zu Dirk herum.

»Seeschlösschen. Klingt doch ganz niedlich, oder? Ich habe ein Zimmer gefunden, brauche nur noch auf bestätigen zu klicken, dann könnten wir sofort unsere sieben Sachen packen und losfahren.«

Dirk runzelte die Stirn.

»Zweihundertsiebzig Euro! Hast du gesehen, ja? Also zwei Nächte zusammen fast fünfhundertfünfzig!«

Tanja hob die Augenbrauen.

»Die haben Wellness und SPA. Hast du gesehen, ja?«

»Hast recht. Was sollen wir uns hier weiter rumärgern! Ein Flug nach Korfu wäre teurer geworden. Na ja, nicht unbedingt teurer, aber wenn man dann noch Übernachtungen und all das Drum und Dran rechnet ...!«

Dass Paar sah erschöpft und unfrisch aus, von Frisuren konnte man wirklich nicht mehr sprechen und ihre Körper dufteten etwas rustikal. Trotzdem konnte sich Tanja nicht erinnern, jemals so zuvorkommend behandelt worden zu sein. Die Junior-Suite war einfach großartig und der Blick über die Ostsee umwerfend; der Name Seeschlösschen eine einzige Untertreibung. Es war dann bereits später Nachmittag, als sich Dirk und Tanja – nach ausgiebigem Gebrauch des riesigen Badezimmers – auf den Weg machten, sich ein wenig an der Strandpromenade die Beine zu vertreten. Es hatte aufgehört zu regnen. Tanja war geradezu verzückt von den Angeboten der vielen Boutiquen und selbst Dirk fand gefallen daran, sich so ganz ohne den Zwang, dringend benötigte Kleidungsstücke und Accessoires besorgen zu müssen, umzusehen. »Schau mal die Jacke hier – probier doch mal das Hemd an – also diese Hose steht dir einfach ausgezeichnet ...« An diesem Tag alles kein Problem, so wie sonst üblicherweise bei vergleichbaren Einkäufen.

Auf dem Rückweg zum Hotel entdeckten sie dann noch eine gemütlich wirkende Bar, in der sie später einen gepflegten Drink zu sich nehmen wollten. Zunächst jedoch mussten sie den Berg von Einkaufstüten loswerden. Das hoteleigene Restaurant *Panorama* bot exzellente Gourmetküche. Nicht ganz billig, aber dafür außergewöhnlich raffiniert zubereitet. Während Tanja ein auf der Haut gebratenes Dorschfilet mit Kaffirlimetten-Schaum, weißem Stangenspargel, zweierlei Erbsen und Wachtelei wählte, bestellte Dirk ein Wildgericht. Rosa gebratener Rehrücken mit Rotweinreduktion, Brokkoli, Kirschen fermentierten Champignons und Serviettenknödeln. Genau so gut wie es sich auf der Speisekarte las, mundete es ihm auch! Der Wein, der ihnen dazu empfohlen worden war, schmeckte ausgezeichnet, für einen Burgunder aus dem Frankenland geradezu sensationell. Als krönenden Abschluss gönnte sich das Paar jeweils eine Portion Rhabarber-Tiramisu mit Himbeeren und Waldmeistereis. Extra lecker! Noch einen Espresso als Verdauungshilfe und sie waren glücklich – und knapp zweihundert Euro los!

Leicht beschwingt und bei einander untergehakt, machten sich Dirk und Tanja auf den Weg zu der am Nachmittag ausgekundschafteten Cocktailbar *Rainbow*. Es war indessen ein wunderschöner, warmer Sommerabend geworden und die ganze Stadt schien auf den Beinen zu sein. Dirk und Tanja betraten die Bar, in der hinteren linken Ecke saß ein Liedermacher, der gerade einen Song beendet hatte. Das Publikum applaudiert, Dirk macht tiefe Verbeugungen und bedankt sich, was Tanja total peinlich fand. Sie zog ihren Freund am Ärmel seines

Sakkos hinüber zur Bar, wo sie sich direkt an der Theke auf zwei Hocker schwangen.

»Sollten wir lieben mit Wein weitermachen oder einen von den Cocktails probieren?«, fragte Tanja ihren Freund.

»Also, wenn ich Euch da mal etwas empfehlen dürfte...«, warf der Barchef in glockenheller Stimme ein.

»Lass ihn mal ruhig machen, er ist schließlich vom Fach!«, meinte Dirk.

Es gab zunächst einen *Fishermans Very Best Friend*, einen sahnigen Drink mit leichter Pfefferminznote. Nach dem ersten Schluck rümpfte Tanja die Nase, nach dem letzten forderte sie: »Das Gleiche noch mal!«

Der Cocktailmeister, der sich ihnen zwischenzeitlich als Gerald vorgestellt hatte, schlug jedoch aus medizinisch-therapeutischen Gründen einen anderen Cocktail vor.

»Ihr werdet morgen früh garantiert völlig ohne Nachwirkungen aufwachen, wenn Ihr auf eine gewisse Reihenfolge der Drinks achtet«, schlaumeierte er. Also wurde ein *Grömitz Reef* geschüttelt. Auch dieser etwas schleimig wirkende Drink schmeckte ungewöhnlich, aber fabelhaft.

»Als ich gesehen habe, wie zähflüssig der in die Gläser tropfte, hätte ich nie gedacht, dass er so köstlich und erfrischend schmecken würde!«, lobte Tanja.

»Ja, wirklich! Respekt!«, bestätigte Dirk.

»Ich würde nicht unbedingt zähflüssig sagen; eher sämig!«, wandte Gerald ein, signalisierte jedoch durch eine entzückende Schamesröte, dass er das Kompliment sehr wohl verstanden hatte. Nun folgten noch ein *Niendorf Sundowner*, ein *Puerte de Kellenhusen* und schließlich ein *Sailors Revanche*.

»Habt Ihr bemerkt, dass da ein Tropfen Lebertran drin war?«, forschte Gerald vor Stolz strahlend. »Das schmeckt man überhaupt nicht heraus, stimmts? Aber das hilft ungemein gegen einen Kater am darauffolgenden Morgen!«

»Apropos Kater«, fiel Tanja ein. »Weißt du, was ich letzte Nacht geträumt habe? Wir haben eine Katze bei uns aufgenommen. Ein total niedliches Vieh …«

»Kommt mir nicht ins Haus!«, unterbrach Dirk.

»Du hattest ihn mitgebracht. Hattest ihn irgendwo aufgelesen.«

»Nicht im Traum, würde ich ein Tier mit nach Hause nehmen!«

»Doch, in meinem Traum schon!«

Schwer angeschlagen beschloss das Paar, für den Rückweg ein Taxi zu nehmen. Es schien, als ob um diese Zeit ausschließlich Taxis unterwegs waren, alle jedoch mit Fahrgästen besetzt und in großer Eile.

»Das gibt's doch nicht!«, schimpfte Dirk. »Wo wollen die denn alle hin in diesem Kaff? Können die nicht die paar Hundert Meter Straße, die es hier gibt, zu Fuß gehen?«

»Du willst ja auch nicht zu Fuß gehen.«

»Ja, wir müssen ja noch um die halbe Bucht laufen!«

»Die anderen ja vielleicht auch!«

»Taxiii!« Dirk sprang auf die Straße, direkt vor einen verbeulten Toyota mit hell leuchtendem Taxischild auf dem Dach. Der Wagen brauchte beim Bremsen nicht einmal die Reifen quietschen zu lassen, so langsam war er unterwegs. Dirk riss die Tür auf und blickte in das fahle Gesicht eines jungen Mannes, der völlig verstört und neben der Kappe wirkte.

»Alles in Ordnung?«, fragte Dirk. »Ich meine, können Sie uns fahren?«

Der Mann nickte wortlos. Tanja versuchte, die rechte hintere Tür zu öffnen, doch die schien verschlossen zu sein.

»Die geht nicht, Sie müssen auf dieser Seite einsteigen«,

erklärte der Fahrer.

»Was ist denn los mit Ihnen? Hatten Sie einen Unfall?« Dirk, der auf dem Beifahrersitz Platz genommen hatte, sah nun erst, dass der Airbag ausgelöst worden war und nun eine riesige, weiße Blase vor dem Gesicht des Fahrers bildete. Er hatte große Mühe, daran vorbeizuschauen.

»Was ist denn mit dem Airbag passiert?«

»Ich bin auf einen Poller aufgefahren. Mein letzter Fahrgast war … der war wohl Choleriker.«

»Und warum verliert der die Luft nicht?«

»Ich weiß nicht. Müsste er eigentlich, oder? Ich kenne mich nicht aus mit Airbags.«

»Kennen Sie sich überhaupt mit Autos aus?«, fragte Tanja vom Rücksitz. »Ich meine, so wie der Wagen aussieht? Das ist doch ein Trümmerhaufen.«

Der Fahrer schwieg. Er gab Gas und nun begannen sie langsam Fahrt aufzunehmen. Immer wieder fummelte der junge Mann an der Schaltung herum. An einer Ampel hatte er plötzlich den Rückwärtsgang erwischt und wäre fast dem Hintermann auf die Motorhaube gedonnert.

»Was machen Sie denn da um Gottes willen?«, fragte Dirk.

»Ich finde die Gänge irgendwie nicht. Ich glaube, das ist keine H-Schaltung. Ich meine ein H-förmiges Schaltschema. Ich weiß nicht, wie man das richtig nennt…«

Dirk sah den Mann fassungslos an.

»Mann, das ist eine Automatik. Sind Sie noch nie Automatik gefahren? Ist das überhaupt Ihr Taxi?«

»Wie lange haben Sie denn schon Ihren Führerschein?«, provozierte Tanja von hinten.

»Ich fahre meistens Roller«, gab der Chauffeur kleinlaut zurück. »Ich bin Student. Ein Auto kann ich mir nicht leisten. Ich kriege ja nur BAföG.«

»Aber Sie müssen doch einen Taxischein gemacht haben. Wird man da nicht irgendwie geprüft, oder so?«

»Ich brauche hier nur einen P-Schein. Der ist ohne Prüfung.«

»Was studieren Sie denn?«, fragte Dirk.

»Psychologie.«

»Rot!«, sagte Tanja.

»Und was wollen Sie dann werden? Ich meine mit Psychologie?«

»Die Ampel! Ro-hot!«

»Psychologe.«

»Ach so!«

»So, jetzt haben Sie ein schönes neues Passfoto! Kostet zwar ein paar Hundert Euro und ein Fahrverbot gibt´s noch obendrauf, aber zumindest gab´s keinen Unfall!«

»Wieso?«

»Die Ampel. Sie sind bei Rot drübergefahren und dann hat´s geblitzt. Haben Sie das gar nicht mitbekommen?«

»Ich kann ja kaum etwas sehen … wegen des Airbags!«

»Oh Schwein gehabt!«, frohlockte Dirk. »Dann sind Sie wahrscheinlich gar nicht drauf auf dem Foto!«

»Mist! Doppelmist!« Der Fahrer drückte das Airbagmonster beiseite und starrte betreten auf seine Armaturen.

»Wieso, ist doch mutmaßlich gar nichts passiert!«

»Die kriegen Sie anhand Ihres Kennzeichens. Ich weiß das; meine Freundin ist beim Ordnungsamt!«, brüstete sich Tanja.

»Nee, das meine ich gar nicht. Ich muss Tanken.«

»Na ja, dann tanken Sie halt. Wir haben Zeit!«

»Ich müsste eigentlich in der Firma tanken, doch dafür reicht der Sprit nicht mehr. Und außerdem weiß ich gar nicht … kann es sein, dass der mit Gas fährt? Mein Kollege sagte heute …«

»Soll ich Ihnen Geld leihen? Da vorne ist doch eine

Tankstelle«, bot sich Dirk an.

Es stellte sich heraus, dass der Toyota wirklich mit Gas betrieben wurde. Mit CNG-Gas, aber dafür hätte man irgendwie die Tankklappe aufkriegen müssen, die jedoch wegen einer starken Beschädigung des Kotflügels völlig verzogen war. Nun half nichts mehr, der Taxichauffeur musste seine Zentrale um Hilfe ersuchen. Das über Funk geführte Gespräch beendete dann jedoch unvermittelt die Heimfahrt der beiden Urlauber. Und die des Taxifahrers.

»Du brauchst Dich hier gar nicht mehr blicken lassen!«, schnauzte die Frau von der Zentrale.

»Blicken *zu* lassen!«, kommentierte Tanja.

»Was?«

»Das heißt blicken *zu* lassen. Hast Du Brauchen zu gebrauchen, so gebrauche Brauchen stets mit zu.«

»Was hat der Fahrgast gesagt?«, quäkte es aus dem Lautsprecher des Funks.

»Äh nichts. Das war falsches Deutsch. Es hätte blicken zu lassen heißen müssen.«

Der weitere Verlauf des Gespräches zwischen Taxizentrale und Taxifahrer soll hier, aus Rücksicht auf die bestehenden gesellschaftlichen Konventionen, ausgespart bleiben. Das Resultat jedoch war, dass der junge Student den verbeulten Wagen an Ort und Stelle stehen lassen, und den Schlüssel an der Kasse der Tankstelle abgeben musste. Sofern er sich nicht umgehend aus dem Staub machen sollte, würde er in Kürze auf ein paar seiner Kollegen treffen, die ihn ordentlich verwamsen würden. So kam es, dass sich zwei stark angeheiterte Urlauber zusammen mit einem aus anderen Gründen stark angeschlagenen Studenten und Ex-Taxifahrer, zu Fuß durch die laue Nacht begaben. Es gab eine gemütliche Kneipe mit jüngerem Publikum, in der Benjamin – so der Name des Studenten – gerne einmal einzukehren pflegte. In dieser Kneipe versackten die Drei dann gemeinsam nach Strich und Faden.

Da Dirk und Tanja erst kurz nach achtzehn Uhr wieder in der Lage waren, das Hotel zu verlassen, wurde Dirks Kreditkarte mit weiteren 135 Euro für das Late-Checkout belastet. Auf dem Rückweg über die verstopfte Autobahn versuchte Tanja, die Ausgaben dieses Wochenendtrips im Kopf zu addieren. Ihr wurde fast schwindelig dabei.

»Wie hätten zwei Wochen Badeurlaub auf Korfu dafür bekommen!«, lamentierte sie. »Mit Schönwettergarantie und Bedienung am Pool!«

»Wir haben deiner Tante einen Gefallen getan!«, antwortete Dirk.

»Einen 2.500 Euro-Gefallen!«, antwortete Tanja.

Als sie völlig erschöpft den Kleinwagen entluden, schlich ihnen eine buntgemusterte Katze um die Beine.

»Ksch-ksch! Verschwinde du Mistvieh!«, fauchte Dirk.

»Schatz, wo kommt nur diese räudige Katze her? Weißt du, wem die gehören könnte?«

Papa Bertram

Dirks Vater war ein schwieriger Fall. Für einen Postin-
spektor hatte er eigentlich ein ziemlich komfortables
Leben geführt. Er war jetzt nicht unbedingt der Muster-
vater, aber er hatte immer gewissenhaft dafür gesorgt,
dass Dirk, dessen sechs Jahre ältere Schwester Friederike
und Mama ein relativ sorgloses Auskommen hatten. In
die Erziehung der Kinder hatte er sich nur in sehr seltenen Ausnahmefällen eingemischt, dafür engagierte er sich
umso mehr im Post-Sportverein und bei der Pflege eines
illusteren Freundeskreises. Er und Dirks Mutter lebten
nebeneinander her. Als Mama dann vor vier Jahren nach
einer harmlosen Operation nicht mehr aus der Narkose
aufgewacht war, brach Papa förmlich in sich zusammen.
Mit dem plötzlichen Tod der Mutter hatte wirklich niemand rechnen können. Dass dieser Verlust Papa so sehr
naheging, überraschte Familie und engsten Freundeskreis
jedoch noch viel mehr.

Dirks Vater zog sich sukzessive von all seinen Posten und
Pöstchen zurück und verbrachte fortan den allergrößten
Teil seiner Freizeit daheim in Haus und kleinem Garten.
Auf Anraten des Betriebsarztes wurde er erst heimkrank
geschrieben, ein halbes Jahr später dann in den vorzeiti-
gen Ruhestand versetzt.

Dirk war in dieser Zeit bis an die Grenze seiner Belast-
barkeit in Firmenprojekte eingespannt, die verbliebenen
kostbaren Stunden verbrachte er verständlicherweise bei
seiner Freundin Tanja. Von Papa hörte er monatelang
nichts.

Es klingelte an der Haustür und Dirk öffnete, bereits in
Pyjama gekleidet und mit elektrischer Zahnbürste in der
Hand. Vor der Tür jedoch stand nicht, wie erwartet, sein
Freund und Kollege Nils mit den Zeichnungen für das
Projekt *Kellermannshof*. Zwei Polizisten blickten ihn
ernst an.

»Herr Bertram?«, fragte der eine.

»Ja? Ist etwas passiert?«

»Dürften wir vielleicht für einen Moment hineinkommen?«

Dirk trat zur Seite.

»Ja bitte. Warten Sie ... hier entlang … ich mache eben Licht.«

Sie setzten sich an den Küchentisch und einer der Beamten öffnete eine Kladde.

»Was ist denn los? Ist irgendetwas passiert?«, fragte Tanja, die durch die ungewohnten Geräusche alarmiert, den Raum betreten hatte. Dirk antwortete nicht, sondern sah sie nur fragend an. Der Polizist las kurz in seinem Heft, dann fragte er Dirk: »Ist es richtig, dass Heinrich Bertram ihr Vater ist?«

»Ja, das stimmt. Ist ihm etwas zugestoßen?«

»Herr Bertram, wir haben Ihren Vater heute vorläufig festgenommen.«

»Festgenommen? Das kann nicht sein! Weshalb? Ich meine was soll er getan haben? Er ist doch ein alter Mann. Ich meine ... der tut doch niemanden etwas!«

Hilflos sah Dirk die Beamten abwechselnd an.

»Herr Bertram, Ihr Vater wurde bei einem Wohnungseinbruch von dem Wohnungseigentümer überrascht.«

»Einbruch? Mein Vater? Das ist ein Witz! Sie wollen mir einen Schrecken einjagen! Haha, das ist Ihnen gelungen! Gratuliere!«

»Wo war das?«, mischte sich Tanja ein. »In welchem Stadtteil? Er ist doch gar nicht mehr so mobil. Er hatte vor einem Jahr einen Schlaganfall.«

»Moment, das kann ich Ihnen genau sagen.« Der Polizist blätterte eine Seite zurück.

»In der Hamburger Straße 52. Er hat eine Scheibe mit einem Stein eingeworfen und anschließend in der Wohnung randaliert.«

»Hat einen nicht unerheblichen Schaden angerichtet!«, ergänzte sein Kollege.

»Hamburger Straße 52? Das ist unsere ehemalige Wohnung! Wir haben dort gewohnt. Vor über zwanzig Jahren.«

»Er hatte einen Pyjama an«, ergänzte der Polizist und sah an Dirk herunter.

Dirks Papa kam nicht ins Gefängnis, wurde dafür aber vorläufig in die psychiatrische Klinik in der Helenenstraße eingewiesen. Dirk besuchte ihn ein paar Mal. Er hatte seinen Vater in einem erbärmlichen Zustand vorgefunden und der behandelnde Arzt hatte etwas von posttraumatischem Syndrom gefaselt. Für Dirk klang das nach: »Wir wissen auch nicht, was er hat, aber wir behalten ihn solange hier, wie die Kasse gut dafür zahlt. Und anschließend können Sie ihn wiederhaben«.

Scheinbar war die Krankenversicherung nach einem viertel Jahr schon nicht mehr davon überzeugt, dass Papa therapiebedürftig war – oder aber therapiefähig – und so wurde er schließlich in ein richtig schäbiges, aber voll ausgestattetes Post-Seniorenheim abgeschoben.

Dass sich Dirk und seine Schwester Friederike darüber geeinigt hatten, das kleine Haus des Vaters zu verkaufen um ihm mit dem Erlös einen komfortablen Platz in einem modernen privaten Seniorenheim zu finanzieren, nahm der Vater gar nicht mehr richtig auf. Er wurde in einem geräumigen Einzelzimmer umsorgt, brauchte sich um gar nichts zu kümmern und seine üppige Post-Pension versetzte ihn in die Lage, das Pflegepersonal zu triezen und zu schikanieren.

Wenn Dirk seinen Vater besuchte, so verhielt er sich relativ friedlich. Er neigte dann lediglich dazu, wehleidig zu sein und nötigte damit Dirk Gefälligkeiten ab, die der eigentlich aus Zeitgründen gar nicht leisten konnte. Immer jedoch wenn Tochter Friederike extra seinetwegen aus Stuttgart angereist kam, mutierte er zum Tyrann und Nörgler. Am schlimmsten war ihr erster Besuch in seinem neuen Heim.

»Ich kenne diese Frau nicht und, wenn die mir etwas andrehen will, dann rufen Sie gefälligst die Polizei!«, hatte Papa die Pflegerin angefahren, als sie Friederike in sein Zimmer geführt hatte.

»Aber das ist doch Ihre Tochter, Herr Bertram! Erkennen sie sie denn nicht wieder?«

»Ist mir recht, dann gehe ich halt wieder!«, hatte Friederike verschnupft geantwortet.

Schließlich erinnerte sich Papa dann doch und die beiden gingen gemeinsam hinunter in die Kantine, um Kaffee und Torte zu sich zu nehmen.

»Ist ja auch kein Wunder, dass ich dich nicht wiederkenne! Du hast mich ja nie besucht!«

»Papa ich wohne in Stuttgart! Ich muss mir zwei Tage Urlaub nehmen, um dich besuchen zu können. Ich muss sechs Stunden mit der Bahn fahren und in einem Hotel übernachten!«

»Du hast doch einen Volkswagen!«

»Ich hatte nie einen Volkswagen! Ich hatte einen Renault, aber den brauche ich in Stuttgart nicht. Dort kann ich alles zu Fuß oder mit dem Bus erledigen.«

Friederike war über den Zustand ihres Vaters entsetzt und fühlte sich zugleich von ihm abgestoßen. Papa stellte nicht eine Frage, seine eigene Tochter betreffend, sondern fing augenblicklich an über das Heim und insbesondere über das Betreuungspersonal zu schimpfen.

»Die haben mir meine Briefmarkensammlung geklaut, diese Banditen!«

»Aber die Briefmarken hattest du doch schon in den neunziger Jahren verkauft.«

Papa schaufelte einen Happen Torte in sich hinein.

»Ja, weil Mama mich gezwungen hatte.«

»Das ist doch Blödsinn und außerdem interessiert das heute keinen Menschen mehr. Mama ist tot und hör auf, weiterhin auf ihr herumzuhacken!«

Papa hielt seiner Tochter wortlos die Kaffeetasse hin und erwartete, dass sie ihm Kaffee nachschenkte.

»Wann heiratest du eigentlich endlich mal?«, fragte er unvermittelt.

»Hä? Was soll denn diese Frage jetzt? Dirk ist auch nicht verheiratet!«

»Aber der hat eine Freundin.«

»Ich kann mir auch eine Freundin zulegen, wenn dir das lieber ist!«

»Gott behüte! Das fehlte mir gerade noch; eine schwule Tochter!«

Papa vergaß natürlich nicht nur, dass er eine Tochter hatte und dass seine Briefmarkensammlung längst perdu war. Er fand schnell Zutrauen zu dubiosen Besuchern, die sich als Verwandte, Bekannte oder ehemalige Kollegen ausgaben. Seinen eigenen Kindern gegenüber wurde er hingegen von Besuch zu Besuch immer misstrauischer. Es lag nahe, dass professionelle Erbschleicher ihr Unwesen in dem Heim trieben und Dirk hegte den Verdacht, dass das Personal mit denen unter einer Decke steckte.

»Mann müsste Senioren so etwas wie eine Blackbox implementieren, die die letzten Gespräche und medizinischen Werte aufzeichnet«, scherzte Tanja sarkastisch.

Tanja vermied es nach Möglichkeit, Dirk bei seinen Papa-Besuchen zu begleiten. Wenn sie dann doch einmal mitkam, dann hielt sie sich meist in dem parkähnlich angelegten Garten, oder bei schlechtem Wetter in der Heimkantine auf. Die Zimmer der Bewohner beklemmten sie.

»Dieser Geruch alleine macht mich wahnsinnig!«, lamentierte sie.

Die Kantine bestand zum einen aus dem sogenannten

Restaurant, einem hellen, modern gestalteten Speisesaal, und zum anderen aus der Cafeteria. Hier probierte Tanja ein Stück Himbeertorte zu frisch aufgeschäumtem Cappuccino. Die Kellnerin, die den Kaffee brachte, grüßte Tanja freundlich lächelnd und Tanja überlegte, woher sie die junge Frau kannte. Na ja, auch das Personal einer Seniorenresidenz hatte ja schließlich ein Privatleben. Am Nebentisch unterhielten sich drei greise Damen.

»Guck mal, wie schön die Akelei blüht.«, juchzte die eine.

»Meine Schwester hat ganz schlimm Akelei im Gesicht.«, kam als Antwort.

»Ich hatte einen Lehrer mit einer furchtbaren Bartflechte.«,

»Was ist denn eine Bartflechte?«

»Der konnte sich überhaupt nicht rasieren und unter seinen Barthaaren war alles rot und siffte ganz ekelhaft. Da konnte man gar nicht hingucken!«

Tanja legte die Kuchengabel angewidert beiseite.

»Mein Lehrer hatte immer offene Beine ...«, sagte eine der Damen gedankenverloren. »Nee ... offene Schuhe.«

Tanja stand auf und räumte ihr Geschirr auf ein Tablett.

»Ich kotz gleich!«, fauchte sie die Damen an. Die starrten sie einen Moment lang an.

»Seht mal, ist das nicht die Gesine?«

»Nein. Die hat doch kein Doppelkinn!«

»Und die trägt auch nicht so hässliche Pullover!«

Nun reichte es Tanja wirklich. Wutschnaubend verließ sie das Café. Natürlich hatte sie nicht einmal den Ansatz eines Doppelkinns und ihre Strickjacke war immerhin von Esprit – nagelneu und sündhaft teuer.

Papa Bertram war zwar durchaus noch gut zu Fuß, doch hatte er sich bereits zwei Mal so dermaßen in der Stadt verlaufen, dass im Rundfunk eine Suche nach dem angeblich orientierungslosen und hilfsbedürftigen Rentner verbreitet wurde. Das hatte Dirk in helle Aufregung versetzt – und peinlich war es ihm auch. Der Vater hingegen ging wütend auf das Heimpersonal los und behauptete, sehr wohl gewusst zu haben, wo er sich befand und wie er wieder heimfinden würde. Wie dem auch sei, die Frage nach Einkäufen war für den alten Herrn ein Problem geworden. So bot sich Dirk gelegentlich an, für seinen Vater Besorgungen zu machen, denn im Heim selbst bekam man nur einen Grundbedarf an Artikeln, und das zu gepfefferten Preisen.

»Ich kann dir dann auch gleich einen neuen Schlafanzug kaufen«, schlug Dirk vor.

»Wieso, ich hab doch einen!«

»Eben – einen!«

Nun bestand Papa plötzlich darauf, Dirk zum Einkaufszentrum zu begleiten.

»Was willst du denn da? Ich gehe in mehrere Geschäfte und das kann länger dauern. Du kannst doch eh nicht so lange laufen und Sitzgelegenheiten gibt es dort nicht!«

»Ich gehe so lange, bis ich nicht mehr kann und danach warte ich halt im Auto«, beharrte Papa. Nach dem zweiten Geschäftsbesuch war es bereits so weit, dass Papa lieber im Auto sitzenbleiben wollte. Als Dirk mit voll beladenem Einkaufswagen aus dem *Money-Market* herauskam, fand er sein Auto zunächst nicht. Erst eine aufgeregte Menschentraube, die sich in der Nähe seiner Parkbucht zusammengerottet hatte, ließ ihn Schlimmes erahnen. Und richtig: Als er sich dem Tumult näherte, sah er, dass sein Auto quer in der Parklücke stand, ein benachbartes Auto beschädigt und eine junge Linde umgeknickt war. Zunächst gab Dirks Vater keinerlei Erklärung ab. Er blickte stur vor sich auf das Armaturenbrett und war nicht ansprechbar. Erst als ihn ein herbeigerufener Polizist befragte, gab er zu, dass er eigentlich nur die Seitenscheibe herunterlassen wollte und dabei den Zündschlüssel zu weit gedreht hatte. Dirk war stinksauer und für ihn stand fest, dass das die letzte gemeinsame Autofahrt mit Papa sein würde.

»Wieso lässt Du auch den Gang drin?«, rechtfertigte der sich auf dem Heimweg.

»Hier ist einer in meinem Zimmer!«, flüsterte Dirks Vater in den Telefonhörer hinein. Dirk war genervt.

»Na dann ruf halt jemanden vom Personal! Was soll ich denn jetzt machen?«

»Die stecken doch alle unter einer Decke!«
Dirk hielt die Sprechmuschel zu und schilderte die Situation kurz Tanja, die bereits mit einem Buch in der Hand im Bett lag.

»Mein Gott Papa! Wer ist in deinem Zimmer?«

»Ich traue mich nicht, mich umzudrehen. Wer weiß, was der mit mir vor hat!«

»Aber dass du in Seelenruhe jetzt mit mir telefonierst, soll den Einbrecher nicht stören? Was ist das wieder für ein Blödsinn?«
Papa Bertram beharrte auf seiner Geschichte mit dem fremden Mann in seinem Zimmer und Dirk versprach, die Heimleitung anzurufen. Das tat er natürlich nicht! So war es nicht weiter verwunderlich, dass Papa nach einer halben Stunde erneut anrief. Es war immerhin schon fast zweiundzwanzig Uhr und Dirk hatte am darauffolgenden Tag eine wichtige Konferenz zu überstehen.

»Ich kann doch jetzt nicht mitten in der Nacht fünfunddreißig Kilometer zur Seniorenresidenz fahren, nur um einen Spuk zu verjagen!«
Tanja war bereits eingeschlafen, da klingelte das Telefon zum dritten Mal.

»Verdammt noch mal!«, fluchte Dirk und eilte hinüber

in sein Arbeitszimmer. Er wählte die Nummer der Heim-leitung, traf dort jedoch nur die Nachtwache vor. Es war ein Student, der kurz nachsah und Dirk dann beruhigte, dass sich im Zimmer seines Vaters keine weitere Person befand.

Für diese Nacht war damit Ruhe, aber am nächsten Abend ging es wieder los: »Da ist ein Mann in meinem Zimmer. Ich kann ihn ganz deutlich hören! Ich bin zwar schon alt, aber total verkalkt bin ich noch lange nicht!«

Es war gerade Viertel nach Sieben geworden und Tanja war noch nicht von einem Seminar zurückgekehrt. Genervt schrieb Dirk einen Zettel für sie und setzte sich in seinen Smart. Es dauerte eine Stunde bei dem Verkehr, bis Dirk endlich an der Residenz angekommen war. Wütend stürmte er hinauf zu dem Zimmer seines alten Herren, klopfte nur einmal gegen die Tür und stand dann neben seinem verdutzten Vater.

»Also schön, wo ist nun der fremde Mann?«
Papa war gerade damit beschäftigt, sich Cornflakes zu machen.

»Jetzt ist er gerade nicht hier«, behauptete er. »Aber immer, wenn ich es mir gerade gemütlich gemacht habe, dann kommt er.«

»Und wo befindet sich dieser mysteriöse Fremde dann? Kuschelt er sich dann zu dir aufs Sofa?«
Dirks Vater blickte suchen durch den Raum.

»Sag mal, was ist das da eigentlich für eine Sauerei? Macht hier denn niemand sauber?«
Er deutete auf die Herdplatte der Mini-Kochzeile, auf der sich eine halb eingetrocknete Milchlake befand. Papa war irritiert. Er konnte sich schlecht auf zwei Probleme gleichzeitig einlassen.

»Dann setzt dich doch mal auf deinen Platz und mache alles so, wie du es getan hast, als der fremde Mann in dein Leben trat.«, forderte Dirk seinen Vater auf. Der setzte sich auf seinen Sofaplatz.

»Und dann?«

»Dann mache ich die Stehlampe an.«

»Gut, dann mach halt die Stehlampe an. Und nun?«

»Dann schalte ich den Fernseher an. Ich sehe mir immer die Nachrichten an und hinterher Tatort. Oder was sonst so kommt. Aber nicht diese Privatsender, das ist ja alles großer Mist. Und nur Werbung zeigen die …«

»Papa, würdest du bitte den Fernseher anschalten?«

Dirk war neben dem Sofa stehengeblieben und betrachtete nun das gestochen scharfe Bild, das ganz eindeutig besser war, als das seines eigenen Fernsehers.

»Und nun? Wo bleibt nun dein Fremder?«

Es lief keine Tatort-Folge, sondern ein Film, in dem drei schäbig gekleidete Bauerntypen durch ein Dorf liefen.

»… und dann kann ich dir alles zurückzahlen, was du mir jetzt leihst. Ist das nicht toll?«, sagte einer der Protagonisten. »Mit offenem Mund glotzt Kuno die beiden an …«, folgte als Autodeskription.

»Papa, du hast Sprachbeschreibung für Sehbehinderte auf deinem Fernseher eingeschaltet! Da ist kein fremder Mann in deinem Zimmer, das ist die Beschreibung des Fernsehbildes von einem Sprecher!«

»Ich hab da nichts verstellt! Hier kommen immer alle möglichen fremden Leute in mein Zimmer. Die haben mir sogar meine Briefmarkensammlung geklaut, diese Banditen!«

»Ja Papa! …«

Am darauf folgenden Wochenende fuhren Dirk und Tanja mit dem Zug zu ihren Eltern. Sie waren fast der gleiche Jahrgang wie Dirks Vater, wirkten jedoch wie eine Generation jünger. In der Bahn saßen zwei Senioren Dirk und Tanja gegenüber. Die Frau kommentierte laut alles, was sie durchs Fenster sah, während ihr männlicher

Begleiter wortlos in seiner Zeitung las.

»Ein altes Stellwerk ... alle Scheiben kaputt ... Sind das Reiher? Zwei Reiher? Oh, alles schon abgeerntet ...«

Tanja flüsterte Dirk zu: »Ich glaube, die hat den Sehbehinderten-Modus eingeschaltet!«

Reisen mit Kindern und Oma

Im Hamburger Hauptbahnhof gab es einen Food Court, etliche Läden und jede Menge Backshops. Einer dieser Backshops wurde von außergewöhnlich freundlichem Personal geführt. Das Warenangebot glich hier weitestgehend dem der Mitbewerber, doch die Extraportion gute Laune, die man dort kostenlos dazubekam, lenkte Dirks Schritte regelmäßig zielstrebig zu eben diesem Shop. Auch der Mehrzahl der dort anstehenden Kundschaft war das gute Betriebsklima hier einen kleinen Umweg wert, sodass Dirk bei seinen häufiger vorkommenden Umsteigestopps indessen eine ganze Menge von Grußbekanntschaften aggregiert hatte.

Eine Ausnahmesituation bildeten die Ferienzeiten, insbesondere die Sommerferien, wo der größte Teil der Durchreisenden von mehr oder weniger weit herkam. Diese Urlauber, sofern sie nicht ohnehin in Bataillonsstärke unterwegs waren, verhielten sich generell so, als wäre dies ihre erste Reise überhaupt. Sie taten, als hätten sie sich eine halbe Stunde zuvor erst dazu entschlossen, den zufällig immer parat stehenden, fertig gepackten Riesenkoffer an die Hand zu nehmen und spontan an die Ostseeküste zu fahren. Oder nach Sylt.

Gut gelaunt, und fast ganz ohne Zeitdruck, suchte Dirk seinen Backshop auf, um sich für die Weiterfahrt nach Flensburg ein leckeres Serrano-Baguette zu kaufen. Kaffee gab's im Zug, auch wenn dieser lausig schmeckte und zudem überteuert war. An diesem Tag jedoch hatte sich eine lange Schlange Wartender vor dem Tresen gebildet.

»Moin«, grüßte Dirk einen jungen Mann, den er schon des Öfteren dort angetroffen hatte. »Gibt's ein Problem?« Der Mann grüßte zurück und deutete durch ein vielsagendes Nicken auf eine Familie, bestehend aus Mama, Oma und zwei Kindern im Vorschulalter. Die beiden Gören maulten und waren unkonzentriert, wahrscheinlich schon von längerer Bahnfahrt übermüdet und erschöpft.

»Julian möchtest du eine Puddingschnecke oder dies da? Du musst es mir schon genau sagen, sonst kann mir die Tante nicht das Richtige geben«, belehrte Mama. Die Oma rammte unterdessen Dirk einen Kinderbuggy in die Wade. Anstelle einer höflichen Entschuldigung gab´s einen vorwurfsvollen Blick der Dame. Der jüngere Bruder Julians hatte gleich mehrere seiner Finger in den Mund gesteckt und rutschte mit dem Rücken an der Tresenscheibe entlang.

»Ich will was mit Schoko!«, quengelte er.

»Du willst etwas mit Schoko?«, fragte Mama. »Hast du denn in der Auslage schon etwas mit Schokolade gesehen? Dann musst du das der Tante einmal zeigen.«

»Ich will was mit Erdbeer!«, unterbrach der ältere Bruder.

»Nein Julian, jetzt ist aber erst mal Elias dran. Ich hatte dich eben gerade gefragt, aber du konntest dich nicht entscheiden. Jetzt musst du halt warten, bis sich Elias ein Stück Kuchen ausgesucht hat. Immer einer nach dem anderen.«

»Komm Julian, Oma kauft dir ein Erdbeereis.«

»Mutter, der Junge soll jetzt kein Eis essen, er soll sich ein Gebäckstück für die Bahnfahrt aussuchen.«

»Entschuldigen Sie«, unterbrach ein älterer Herr, »mein Zug geht in vier Minuten!«

Mama und Oma drehten sich mit finsterem Gesichtsausdruck nach dem Herrn um.

»Veronica!«, rief die hilflose Verkäuferin nach hinten in den Laden. »Veronica, kannst du mal bitte nach vorne kommen?«

»Ich möchte nur eben ein Serrano-Baguette«, unterbrach Dirk. »Ich hab´s passend!«

Er lächelte die Verkäuferin an, sie lächelte zurück und

packte ihm – Schwupps – ein Baguette in eine Papiertüte. Geld wechselte gegen Ware und Dirk verließ mit einem: »Ich danke dir«, den Backshop, vor dem sich die Schlange bis an die Treppe zum Bahnsteig verlängert hatte. Bei einem letzten Blick zurück, sah er, dass sich die Wartenden indessen gegen die Familie in Stellung gebracht hatten. Tja, schnelles entschlossenes Handeln, gepaart mit einem Lächeln und ein paar freundlichen Worten haben manchmal magische Wirkung, dachte er und musste bei dieser Erkenntnis schmunzeln..

Dirks Zug hatte natürlich mal wieder Verspätung. Er betrachtete eine Weile lang den Bildschirm gegenüber des Gleises, der im ungewöhnlichen Hochkantformat Schlagzeilen des Tages, Klatsch, Tratsch, Sportergebnisse und Werbung zeigte. Eine Gruppe Inder in tadellosen Maßanzügen und bunten Turbanen passierte, ein Pfandflaschensammler schlich hinterher und leuchtete mit einer modernen LED-Minilampe in die Schächte der Müllbehälter. Oben auf der Treppe tauchte die papalose Familie vom Backshop auf. Sie brauchten für jede Stufe eine viertel Stunde. Jetzt schleifte Oma den kleinen Elias an der einen Hand, einen Zwei-Zentner-Koffer an der anderen. Nach jedem Schritt musste sie erst einmal eine Luftholpause einlegen.

»Julian nimm bitte immer nur eine Stufe nach der anderen. Du stürzt noch und verletzt dich. Möchtest du das?«
Mama wuchtete einen Schrankkoffer, den sie nur mit beiden Händen halten konnte. Ein paar Fahrgäste betrachtete die Szene, aber helfen mochte dann doch keiner von ihnen – Dirk schon gar nicht.

Eine stark übergewichtige Bahnbeamtin, ausgerüstet mit Umhängetasche und Trolley hetzte an der Familie vorbei die Treppe hinunter. Im Laufschritt eilte sie zum Wagenstandsanzeiger. Dann zögerte sie, blickte auf die Bahnsteiguhr, verglich die Zeit mit der auf ihrer Armbanduhr.

Sie blickte sich panisch um, sah wieder auf ihre Armbanduhr, klopfte auf das Glas und hielt sie sich ans Ohr.

»Na, Zug verpasst?«, fragte Dirk grinsend.

Die Frau warf ihm einen hilflosen Blick zu und zog ihr Mobiltelefon aus der Jackentasche.

Zeitgleich mit dem Eintreffen des um fünfundzwanzig Minuten verspäteten ICE nach Lübeck waren Mama, Oma und die beiden Jungs unten auf dem Bahnsteig angekommen. Elias warf sich auf den Boden und quengelte. Oma versuchte, den Teleskopgriff aus ihrem Koffer herauszuziehen und Mama eilte die Treppe wieder hinauf, um den oben zwischengeparkten Buggy zu holen.

Der Bahnsteig füllte sich mit Reisenden, zwischenzeitlich waren Oma und die beiden Kinder Dirks Blickfeld entschwunden. Mist, dachte er, wenn der ICE nach Lübeck jetzt erst abgefertigt wird, dann kann meiner nach Flensburg ja erst noch später in das Gleis einfahren. Ob er schon mal sicherheitshalber in der Firma anrufen und den Termin nach hinten verlegen lassen sollte?

»Achtung an Gleis acht, bitte einsteigen und Vorsicht bei der Abfahrt!«

Oma tauchte wieder aus der Menschenmasse auf. Sie sah nach oben und rief ihrer Tochter zu: »Kerstin, wo bleibst du denn? Der Zug fährt doch gleich ab!«

Mama hatte jedoch eine besonders schlaue Idee: Anstatt die unhandliche Kinderkarre die Treppe hinunter zu schaffen, lenkte sie ihre Schritte dem Fahrstuhl auf der anderen Seite entgegen.

»Sie müssen einsteigen, die Türen schließen jetzt!«, drängte ein Zugbegleiter Oma und die Kinder.

»Ja, kommt Kinder. Können Sie mir mit dem Koffer ...«

»Bitte beeilen Sie sich, sonst fährt der Zug ohne Sie los!«

Der Mann wuchtete eines der schweren Koffermonster in den Zug, Oma trug klein Elias auf dem Arm und brüllte

Julian an:

»Nun komm schon du verdammter Bengel!«

»Mama!«, rief Julian, dann schloss sich die Tür.

Mama war im letzten Moment mit dem Buggy am Zug angelangt. Im letzten Moment, um ihren Gören noch einmal zuwinken zu können, denn der ICE setzte sich bereits langsam in Bewegung. Sie schrie wütend und schlug mit den Fäusten gegen den Waggon.

»Bitte treten Sie von der Bahnsteigkante zurück!«, rief ein Bahnbeamter. Mama drehte sich zu ihm um.

»Sie müssen den Zug stoppen! Augenblicklich! Meine Kinder sind da drinnen!«

Der Mann schüttelte den Kopf und trottete von dannen.

»Ich werde mich beschweren!«

Sie lief dem Beamten hinterher.

»Bleiben Sie stehen!«, schrie sie. »Das ist Entführung! Tun Sie doch etwas, verdammt noch mal!«

Laut quietschend fuhr der verspätete Zug nach Flensburg ein. Dirk versuchte, die Waggonnummern zu finden. Diese waren nicht nur bei jedem Zug an anderer Stelle angebracht, in diesem Fall sogar bei jedem Einzelnen der Waggons. Angeblich sollte sein Wagen im Bahnsteigbereich E zum Stehen kommen – tat er aber nicht. Direkt vor seiner Nase hielt Wagen 2 an. Ein übergewichtiger Zugbegleiter stieg aus, rekelte sich und steckte sich sein Hemd in die Hose zurück.

»Ganz schön viele Beulen hat Ihr Zug!«, spottete Dirk. Der Mann musterte ihn, dann den Waggon und antwortete gelassen:

»Ja, der Lokführer ist ein wirklich mieser Fahrer!«

Dirk nickte nachdenklich.

»Wie kommt denn so was? Ich meine vom Einparken oder wie?«

»Haben Sie schon mal einen zweihundert Meter langen

Zug chauffiert? Ich sage Ihnen, gerade in den engen Bahnhöfen ist das gar nicht so einfach! Und dann müssen Sie ja auch noch möglichst dicht an die Bahnsteigkanten heran. Ich muss jetzt aber leider unsere nette Unterhaltung abbrechen, ich habe jetzt Feierabend. Schönen Tag noch und gute Reise!«

»Werden Sie von einer etwas kräftiger gebauten Kollegin abgelöst? Die hat, glaube ich, den Zug gesucht. Sie ist vorhin gleich wieder nach oben gelaufen!«

»Ach Mensch, die Trudel. Die arbeitet schon seit vier Jahren bei uns, aber sie hat bisher erst ein-zwei Mal den richtigen Zug gefunden. Das ist ein trauriges Schicksal! Na dann werd' ich mich mal auf die Suche nach ihr begeben.«

Der Bahnbeamte zog seinen Trolley hinter sich her und trollte sich.

»Trudel! Keine Panik, ich komme!«, rief er laut über den Bahnsteig.

Dirk trabte die ganze Reihe schäbiger und verbeulter Intercity Waggons entlang, fand jedoch seinen Wagen nicht. Hundert Meter weiter traf er auf einen anderen Zugbegleiter, der gerade die Weiterfahrt des Zuges freigeben wollte.

»Sagen Sie, ich finde Wagen 10 überhaupt nicht!«

»Ham' wa heute nicht!«

»Aber ich habe einen Platz in Wagen 10 reserviert!«

»Ham' wa aber heute nicht!«

»Ja und was mache ich jetzt?«

Der Bahner sah Dirk arrogant an.

»Na dann suchen Sie sich einen anderen Sitz oder sie warten bis morgen. Da ham' wa wieder Wagen 10 – wenn der bis dahin repariert worden ist!«

Dirk war genervt.

»Dann suche ich mir halt einen Platz in der ersten Klasse«, protestierte er.

»Kostet Zuschlag!«

Dirk ging einen Schritt auf den Mann zu und sah ihm streng in die Augen.

»Einen Zuschlag können Sie von mir bekommen! Aber sagen Sie hinterher nicht, ich hätte Sie nicht gewarnt!«

Dirk fand in dem überfüllten Urlaubszug tatsächlich nur noch freie Sitzplätze in der ersten Klasse. Selbstsicher setzte er sich auf einen Fensterplatz. Die anderen Fahrgäste musterten ihn stumm. Als der Zug anrollte, beobachtete Dirk, wie ein dunkelhaariger Mann den allein gelassenen Koffer der Mutter mitnahm. Er drehte sich auffällig dabei um. Kein Zweifel, jetzt waren nicht nur Oma und die beiden Kinder weg, den Koffer würde Mama mit Sicherheit auch nicht wiedersehen.

Bei der Fahrscheinkontrolle überging der Zugbegleiter Dirk einfach.

»Kontrolliert der Sie überhaupt nicht?«, fragte sein Sitznachbar, nachdem er das Abteil wieder verlassen hatte.

»Ich bezahle mit meinem guten Namen – wie es immer so schön heißt.«

»Ach was! Sind Sie prominent? Müsste ich Sie kennen?«

»Ich reise inkognito!«

»Ach so? Na dann ...«

Deejay Kai

Oder: Warum die Bahn andauernd Verspätung hat

Wenn man von seiner Firma für eine Projektpräsentation in die Provinz geschickt wird, dann steht am Anfang die Entscheidung über die Wahl des Transportmittels. Dirk besaß zwar einen Smart Fortwo, doch diesen betrachtete er als reines Hilfsmittel für Wege, die sich partout nicht mit dem Fahrrad oder mit öffentlichen Verkehrsmitteln bewerkstelligen ließen. Nach Sietebühl gab es jedoch laut Reiseauskunft des DB-Navigators eine Verbindung mit Öffis. Nicht direkt nach Sitebühl, aber immerhin, mit drei Mal Umsteigen und anschließender Busfahrt, bis Ostebühl. Die restlichen drei Kilometer dürften ja dann auch keine so große Hürde mehr sein.

»Nehmen Sie doch den Firmenwagen, dafür haben wir ihn doch schließlich!«, hatte der Chef angeboten. Ein Audi A6, der garantiert zwanzig Liter Super-Plus-Extra-Ultra verbrauchte und dafür eine Tonne Kohlenstickoxid ausblakte, das kam ja wohl gar nicht in Frage.

»Ist ein Diesel«, hatte der Chef noch im Hinausgehen erwähnt. »Der braucht nicht einmal fünf Liter. Wenn ich ihn fahre, sogar nur vier Komma zwo. Außerorts. Ist aber Ihre Sache. Nur seien Sie bitte pünktlich und vergessen Sie die Pläne und Unterlagen nicht!«

Der erste Teil der Bahnstrecke war nicht so ein großes Problem, trotz der zwanzigminütigen Verspätung des ICE. Nur gut, dass der anschließende Regio ebenfalls verspätet ankam. Dann allerdings ging es erst einmal nicht weiter. Quasi mitten in der Pampa musste Dirk auf den *Heide-Express* warten, den Regionalzug eines privaten Unternehmens. Es gab keinen richtigen Bahnhof, eher so etwas wie eine Haltestelle mit einfachem Laufband-Display und mit einem dieser modernen Wartehäuschen, die auf billig, billig, billig gemacht waren. Für ihn als professionellem Schöngeist eine wahre Zumutung.

»Wisst ihr, wann der Zug kommt?«, fragte Dirk zwei Jugendliche, die sich laut und wichtig über Deejays, Auflegen, Pulte und Drops unterhielten.

»Welcher? Der Acht-Uhr-Dreißiger?«

»Na ja, der nächste halt Richtung Norden. Soll laut Plan um acht Uhr einunddreißig fahren.«

Die beiden Deejays sahen sich an und runzelten die Stirn.

»Müsste dann ja gleich kommen.«

»Der Heide-Express ist genau so zuverlässig wie die Inselfähre von Irian Yaya nach Tukatakatiki«, mischte sich ein eben hinzugekommener Mann in karamellfarbenem Trenchcoat ein.

Tukatakatiki klingt gut, dachte Dirk. Da müsste man mal Urlaub machen.

»Also nicht unbedingt zuverlässig, was?«, antwortete er.

»Überhaupt nicht zuverlässig!«, bestätigte der Mann. Er sah hinauf zu dem Laufband-Display, auf dem unaufhörlich angezeigt wurde: ›Die Zeit: 8:39 *** Die Zeit: 8:40 *** ...‹. Er verglich diese Angabe mit seiner Armbanduhr und machte sich auf, den endlos lang erscheinenden Bahnsteig auf und ab zu wandern.

Die beiden Deejays fuhren unterdessen mit ihrem Fachgespräch fort und redeten sich gegenseitig in Begeisterung. Dirk verstand kein Wort von deren Fachterminologie, ließ sich jedoch irgendwie von dem gezeigten Enthusiasmus mitreißen.

»Ich nehme den zweiten Take von Deejay Deadmouse und drop ihn in das vierte Preset. Dann fade ich einfach rein und wieder raus. Das gibt einen irren Effekt, weil May-and-Ey im Back einfach weiterlaufen. Die Leute denken, das gehört alles so zusammen. Die haben mich schon gefragt, wo man das downloaden kann.«

»Und ob du eine eigene Compilation rausgebracht hast!«, ergänzte der andere Deejay.

»Und ob ich eine eigene Compilation rausgebracht

habe. Korrekt!«

»Und? Hast du?«, fragte Dirk unvermittelt.

Der Junge sah ihn verlegen an und strich sich den blondierten Pony aus den Augen, den er als Vordach zu seiner ansonsten stoppelkurzen Frisur trug.

»Nee. Da müsste ich ja erst die ganzen Copyrights für die Titel haben. Das geht nicht so einfach, wie man sich das als Laie vorstellt!«

»Ja, da muss man mit den ganzen Companies über die User-Rights verhandeln und dann kostet das einen Haufen Kohle!«, erklärte Deejay Nummer zwei.

Dirk nickte verständnisvoll.

»Wie heißt ihr eigentlich? Ich meine, kennt man euch? Ach ja, also ich bin Dirk.«

»Hi. Ich heiße Kai.«

»Und ich Christoph.«

»Hörst du auch Acid oder Dubstep?«, wollte der blonde Kai von Dirk wissen.

»Nee! Na ja, nur manchmal. Ich höre eigentlich alles Mögliche, aber ich habe mich schon immer gefragt, wie die Deejays – also, wie ihr Deejays – das so macht. Mit dem Mischen und so. Dass das alles immer schön im Takt bleibt. Also ... ich weiß nicht, wie ich das erklären soll.

»Du meinst das Syncen. Das geht natürlich nur, wenn du die BPMs weißt.«

»BPMs ... was sind jetzt BPMs?«

»Ach so, ja sorry! Das bedeutet Beats Per Minute. Also wenn du weißt, dass ein Take hundertdreißig BPM hat, dann kannst du ihn natürlich nicht mit einem Hundertzwanziger droppen!«

»Nee, natürlich nicht! Das wäre ja ... Aber wie kriegt ihr das denn dann hundertprozentig synchron?«

Die beiden Deejays sahen sich fragend an.

»Also, ich würde mir das DropTech II kaufen. Damit kannst du das alles mit Switches machen.«

»Ja das DropTech II wäre schon cool«, bestätigte Christoph. »Das kostet aber fast dreihundert Euro. 'Ne Masse Kohle für einen Azubi!«

»DropTech II«, wiederholte Dirk anerkennend. »Und womit arbeitet ihr jetzt?«

Die beiden coolen Deejays sahen sich verlegen an. Der dunkelhaarige suchte nach einer adäquaten Antwort weit hinten am Horizont.

»Also, so richtig mischen wir noch nicht ab; wir haben noch kein Equipment. Aber es gibt ein PC-Spiel, das heißt Deejay-Competition III. Da kann man genau wie mit echten Geräten abmischen. Also fast genau so.«

»Ach junger Mann, könnten Sie mir das bitte einmal vorlesen? Ich finde jetzt meine Brille nicht!«

Eine ältere Dame mit Hund auf dem Arm zeigte Deejay Kai einen Zettel mit Bahnverbindungen. Der Junge starrte auf das Blatt Papier, als wenn darauf obszöne Bilder abgedruckt wären. Er bekam einen roten Kopf und blickte die Frau wortlos an. Unsicher hielt die den Fahrplan jetzt dem anderen Jungen vors Gesicht, aber auch der machte nur einen verlegenen Gesichtsausdruck.

»Geben Sie mal her.«

Dirk nahm ihr das Papier aus der Hand.

»Acht Uhr einunddreißig. Auf den Zug warten wir alle hier. Der hat wohl Verspätung.«

Die Frau bedankte sich, sah die beiden jungen Männer vorwurfsvoll an, und ging dann ein paar Meter weiter, wo sie ihren Struppi auf den Boden stellte.

»Ihr könnt nicht lesen, was?«, wandte sich Dirk an die Deejays, die nun ihre Blicke in ganz weite Ferne schweifen ließen.

»Ist ja kein Problem, dafür könnt ihr ja ganz cool abmischen!«

Die beiden nickten und lächelten Dirk dankbar an.

»Das ist doch wohl kein Käfig für Ihre Töle, oder?«

Der Trenchcoat Mann stutzte auf seinem Rückweg über die Dame, die gerade damit beschäftigt war, ihren spitzgedackelten Pinscher in einen Nylontrolley zu stopfen.

»Das ist ein Hundekorb!«, antwortete sie entrüstet.

»Das ist ein Koffer mit Rollen und Rucksackgurten!«, verbesserte der Mann.

»Sie haben ja gar keine Ahnung! Hier oben ist doch extra alles voll Netz. Damit kann er atmen und sieht etwas von seiner Umgebung.«

»Wie atmet er denn sonst? Ich meine ohne Netz!?«

»Der ist extra für Hunde gemacht. Zum Reisen. Ich habe den bei *Zoo-Schmoltich* gekauft, was meinen Sie, was so etwas kostet! Und außerdem geht Sie das überhaupt nichts an!«

Der Mann blieb breitbeinig stehen und beobachtete, wie die Hundedame ihren mickrigen Köter in den Trolley zwängte. Der wehrte sich wie die Zicke am Strick.

»Warum zwingen Sie ihn denn? Er will doch nicht, das sieht man doch!«, mischte er sich weiter ein.

»Das geht sie überhaupt nichts an! Und außerdem müsste ich sonst eine Fahrkarte für den Hund kaufen!«

»Ach!? Und so nicht? Gilt das Viech so als Gepäckstück?«

Die Dame antwortete nicht mehr und je ärgerlicher sie wurde, desto rabiater ging sie mit ihrem Hündchen um.

»Ich habe ein Lama zu Hause. Wenn ich das in einen Rucksack stecke, kann ich das dann auch kostenlos mit in die Bahn nehmen?«

Die Frau ratschte die Klettverschlüsse auf und zu, Fiffi begann zu winseln.

»Das Lama spuckt manchmal, aber nur, wenn man es ärgert!«, fuhr der Mann fort.

Dirk betrachtete die Szenerie so, als ob er gar nicht

anwesend wäre, sondern einen Film anschauen würde.

Neun Uhr vier. Immer noch kein Heide-Express zu sehen. Ein furchtbar dicker Junge, etwa so alt, wie die beiden Deejays, watschelte auf das Wartehäuschen zu.

»Moin Kai, moin Christoph!«, rief er den beiden zu. Irgendwie war deren Befangenheit nach Dirks Entlarven ihrer Leseschwäche noch nicht wieder von ihnen gewichen. Der Dicke holte eine Packung Zigaretten hervor und bot den beiden Glimmstängel an. Die drei jungen Männer wollten tatsächlich Zigaretten rauchen – hier auf einem Bahnsteig – dazu noch in einem beengten Wartehäuschen.

»Das ist jetzt nicht euer Ernst oder?!«, blaffte sie Dirk an. Die Jungs verstanden nicht.

»Ich meine, dies ist ein Nichtraucherbahnhof. Da steht´s groß und Schwarz auf Gelb. Da, das Piktogramm werdet ihr ja wohl zuordnen können, oder?«

»Ja, nee, okay. Kein Problem!«

Die Jungs verzichteten darauf, ihre Zigaretten anzu-zünden, und wirkten etwas hilflos in dieser Situation.

»Das meine ich auch, dass das kein Problem ist. Wenn ihr schon unbedingt rauchen müsst, dann macht das wenigsten da draußen und nicht hier unter dem Schutz-dach, wo der Qualm nicht abziehen kann.

»Ja, nee! Kein Problem!«, wiederholte der blonde Kai.

»Ich meine, wenn das wenigstens Joints wären«, ver-suchte Dirk, sich zu rechtfertigen. Die Drei sahen ihn überrascht an.

»Na ja, bei einem Joint ist man wenigstens hinterher bekifft. Das macht schließlich Sinn, aber Nikotin? Das ist doch gar nichts! Das ist eine richtige Unterschicht-Droge! War früher einmal gegen das Hungergefühl von Soldaten an der Front gedacht. Ihr seid doch coole Deejays, da raucht man doch kein assiges Nikotin!«

So, das hatte gesessen! Dirk war davon überzeugt, mit

seiner Argumentation bei den Jugendlichen einen Volltreffer gelandet zu haben.

»Warum lassen sie ihn denn nicht wenigstens mit der
Schnauze herausschauen?!«, empörte sich der Trench-
Man.

»Weil ich dann eine Fahrkarte für ihn kaufen müsste!
Das ist so Gesetz!«

»Gesetz, pah! Was Sie jetzt machen, ist Tierquälerei! Da
gibt es auch Gesetze gegen!«

Die Deejays waren durch Dirks Worte aus ihrer
Befangenheit geweckt worden.

»THC ist ja eigentlich ein ganz natürlicher Stoff«,
argumentierte Kai erregt.

»Ganz im Gegensatz zu Alkohol zum Beispiel. Alkohol
wird ja eigentlich durch chemische Prozesse gewonnen,
Cannabis wächst natürlich, und das Harz kann man gleich
so rauchen.«

»Ja, aber man fermentiert Marihuana, das ist auch ein
chemischer Prozess«, wandte sein Kumpel Christoph ein.

»Biologisch. Das ist ein biologischer Prozess, kein
chemischer.«

»Na ja, aber wenn man Wein keltert, dann ist das auch
kein chemischer Prozess«, klärte Dirk auf.

»Gegen ein edles Tröpfchen Rotwein kann kein Mensch
etwas sagen!«, rief der Mann im Trenchcoat herüber.

»Mein Mann hat sich totgesoffen! Das halte ich von
Alkohol!«, meckerte die Hunde-Dame bitter.

»Ja, nee, aber Cannabis soll ja jetzt legalisiert werden«,
wusste Kai.

»Na Gott sei Dank, das wurde ja auch Zeit!«, sagte der
Dicke.

»Wer behauptet das?«, wollte Dirk wissen.
Zwischenzeitlich hatte sich die Bahnschranke weiter vorn

am Übergang geschlossen. Der blaugelbe Triebwagen näherte sich und kam schließlich am Bahnsteig zum Stehen.

»Hast du wohl in der Zeitung gelesen, was?«, frotzelte Dirk. »Ist ja auch egal. Alles graue Theorie. Haschisch sollte schon Anfang der Siebzigerjahre legalisiert werden. Da warten die Hippies von damals immer noch drauf.«

»Jaja! Genauso lange, wie wir ständig auf die Bahn warten müssen!«, warf der Trenchcoat-Träger ein. Der Zugführer hatte sein Seitenfenster aufgeschoben und schaute heraus auf die Fahrgäste.

»Falls Sie es nicht bemerkt haben sollten: Der Zug ist bereits eingefahren und wartet auf Sie!«

»Also Dope hätte ich dabei, an mir soll's nicht liegen!«, warf Deejay Kai ein.

»Ja und wie willst du das rauchen? Aus der hohlen Hand?«

Dirk schüttelte den Kopf.

Die Zugtür öffnete sich und der Zugbegleiter trat auf den Bahnsteig hinaus. Er machte mit seiner Hand eine einladende Geste und wollte gerade etwas sagen.

»Blättchen habe ich«, sagte der Dicke, »Tabak auch, nur einen Joint kann ich nicht bauen!«

»Was ist jetzt?!«, rief der Zugbegleiter.

»Momentchen, ja?!«

Der Trench-Man beugte sich über den rollenden Hundezwinger.

»Das arme Viech hat sich doch die Pfote dort eingeklemmt. Sehen Sie denn das nicht?!«

»Das geht Sir gar nichts an! Wo hat er sich die Pfote eingeklemmt?«

»Na hier, sehen Sie doch! Lassen Sie mich mal!«

Er ratschte die Netzbespannung auf und befreite den winselnden Köter aus seiner misslichen Lage.

»Ich kann auch keinen Joint bauen«, wehrte Dirk ab.

Der Hundebefreier blickte auf.

»Was denn?! Kann hier niemand einen Joint bauen?«, fragte er vorwurfsvoll.

»Ich bin viel zu alt für so was!«, antwortete die Dame entrüstet.

Der Zugbegleiter machte eine abwehrende Handbewegung.

»Was ist denn nun?!«, rief der Zugführer hinaus.

»Kannst du einen Joint bauen? Die Fahrgäste brauchen jemanden, der einen Joint bauen kann«, fragte sein Kollege nach vorne.

»Menschenskind, muss das jetzt sein? Wir haben sowieso schon Verspätung und außerdem ist das Jahre her bei mir!«

»Aber so etwas verlernt man doch nicht! Das ist wie mit dem Schwimmen!«, belehrte der Mann im Trenchcoat.

»Kinders ihr könnt einen wirklich verrückt machen!«, entrüstete sich der Zugführer. Er schob das Seitenfenster mit einem Knall zu. Wenige Sekunden später stand er neben den Fahrgästen auf dem Bahnsteig.

»Los, aber schnell jetzt! Wer hat das Zeug? Und wo sind die Blättchen?«

Weitere Passagiere stiegen aus dem leise vor sich hintuckernden Dieseltriebwagen und gesellten sich dazu.

»Pah! Was sind denn das für Blättchen?!« Der Zugführer machte ein angewidertes Gesicht. »Die Gummierung schmeckt ja widerlich. Wo hast du denn solche ekeligen Blättchen her?«

»Aus dem Head-Shop. Die sind biologisch. Die kann man kompostieren!«, rechtfertigte der dicke Junge.

»Die soll man nicht kompostieren, sondern rauchen, du Hämpfling!«

Unterdessen hatte der Trenchcoat-Mann den Hund der alten Dame bereits auf dem Arm.

»Darf ich?«, fragte der Zugbegleiter und rauchte den

Joint an.

Er nickte anerkennend und blies eine weiße Rauchwolke aus.

Dirks Mobiltelefon dudelte eine monofone Melodie. Die Deejays sahen ihn verächtlich an.

»Ich kann dir coole Handytöne geben«, bot Kai an.

Dirk winkte ab.

»Monofone Handytöne sind stromsparender als eure Discotöne.«

Er nahm das Gespräch an.

»Hallo? Dirk hier. Ja. Ja es gibt ein Problem mit der Bahn. Was? Ja, wie soll ich sagen? Eine Verspätung. Ich weiß es nicht genau, das Display zeigt immer nur die Uhrzeit an und gibt keine Auskünfte über Zugverspätungen. Ich glaube ... Hallo? ... Hallo? Sind Sie noch dran?«

Er wandte sich den anderen zu, die ihn fragend betrachteten.

»Aufgelegt! Das war mein Chef. Ich habe heute eine wichtige Präsentation in Sitebühl. Weiß jemand, wie ich von Ostebühl nach Sitebühl komme?«

Er nahm den Joint an, der ihm von der Hundeoma gereicht wurde und zog den Qualm tief ein.

Der Zugbegleiter klatschte in die Hände.

»Wenn wir dann so weit wären ... wir haben sowieso schon Verspätung.«

Der Zugführer kicherte.

»Hat jemand was zu naschen? Vielleicht ein Snickers oder Schokolade ... oder irgendwas ... ist egal!«

»Können Sie so überhaupt noch fahren?«, wollte Deejay Kai wissen.

»Na klar! Wir fahren doch auf Schienen! Was soll schon sein? Mach dir mal nicht ins Hemd! Wo hast du das coole Dope her? Fährst du öfter auf dieser Strecke?«

Großeinkauf

Dirk hatte seinen Smart auf dem Parkplatz des *Money-Markts* geparkt. Das war gar nicht so doof, wie er nach Feierabend feststellte. Der Platz war riesig, das Parken kostenlos und zu seiner Arbeitsstelle waren es nur knapp zehn Minuten zu Fuß.

Der *Money-Markt* war vor knapp einem halben Jahr neu eröffnet worden und Dirks Firma war an der Planung der Infrastruktur und der Quartierkompatibilität beteiligt gewesen. Dirk hatte von Tanja einen langen Einkaufszettel mitbekommen, da sie in dieser Woche an allen Abenden Schulungen für die Umstellung auf die neue Firmensoftware hatte. So lang war der Einkaufszettel zwar dann doch nicht, aber wenn man sich überhaupt nicht mit den Regalgängen auskennt, dann läuft man für jeden Artikel mindestens zweimal quer durch den ganzen Laden. Und der *Money-Markt* war ein gigantisch großer Laden!

Warum nur lagen die Tampons nicht bei den Sanitärartikeln, fragte sich Dirk. Alles, was es auch im Drogeriemarkt gab, gehörte doch zusammen in eine Abteilung, und nicht auf vier verschiedene Gänge verteilt. Was hatten Fliegen-Fensterstreifen mit Schuhcreme zu tun? Fliegen-Fensterstreifen, das war überhaupt eine Idee! Man sah sie kaum und sie taten trotzdem ungemein ihre Wirkung. Also Schwupps – ab damit in den Einkaufswagen.

Was es alles für Haustiere gab! Tanja hatte sich eigentlich schon immer einen Hund gewünscht, aber Dirk hatte nichts übrig für diese, seiner Meinung nach stinkenden Tölen. Eigentlich schade, denn es waren mehr als siebzehn Regalmeter nur für Tiernahrung und Tierbedarf reserviert. Dirk hatte es durch Abschreiten festgestellt. Sogar Bio-Gemüse gab es im *Money-Markt*. Es gab überhaupt nur Bio-Gemüse, keines, welches aus konventio-

nellem Anbau stammte! Wobei es Dirk beim darüber
Nachdenken auch irgendwie logisch erschien. Gemüse
wuchs nun mal biologisch, wie sonst?! Was hieß in
diesem Zusammenhang überhaupt *Bio*? Es würde wohl
kein Erzeuger auf die Idee kommen, *Chemo* auf seine
Produkte zu schreiben. Chemo-Tomaten – Kilo eins-
zwanzig. Schwachsinn! Und hier: Landeier von *Bauer
Kruse* aus Elmshorn. Elmshorn war eine Stadt und kein
Dorf – wo sollte es da einen Bauern geben? Und wenn
Bauer Kruse 200 Filialen des *Money-Markts* mit Land-
eiern belieferte, dann liefen wahrscheinlich 40.000 Frei-
landhühner durch Elmshorn. Lustige Vorstellung, aber
Mega-Verarsche. Das höchste der Gefühle wäre, wenn
auf den Eierverpackungen stünde: Garantiert von *leben-
den* Hühnern. Würde sowieso keiner merken – war ja
alles Bio!
Die größten Fallen beim Einkaufen waren die Quengel-
zonen vor den Kassen. Das wusste jeder Einkäufer, aber
das betraf nur Familien mit Kindern. Für Erwachsene traf
dies auf den fußballfeldgroßen Bereich für Aktionsware
zu. Und Dirk lief vollen Bewusstseins in diese Falle
hinein. Zunächst ging es relativ harmlos los, mit HDMI-
Kabel für 5 Euro. Das war ein echtes Schnäppchen und
damit würde er in Zukunft nicht immer für seinen Beamer
das Kabel vom Fernseher abbauen und mitnehmen
müssen. Außenstrahler mit LED-Leuchtmitteln für neun-
zehn-neunundneunzig waren auch ein extrem günstiges
Angebot. Sie sahen nicht einmal schlecht aus und der
geringe Stromverbrauch war ein schlagendes Argument.
Dirk überlegte, wo er überall Strahler anbringen konnte.
Vier Stellen fielen ihm ein, aber er legte fünf Kartons in
den Einkaufswagen. Wenn er später doch noch einen
brauchen, und er diesen dann nicht im gleichen Design
finden würde, dann wäre das Mist! Die Action-Kamera
für 199 Euro sah irgendwie billig aus und der Preis war ja

nun auch nicht so sehr überzeugend. Dafür fand Dirk endlich Spezialreiniger für Alugehäuse. Auf dem Produktfoto war ein MacBook abgebildet und die Gebrauchsanleitung auf der Rückseite besagte, dass die schonende Reinigungsmilch für alle metallische Oberflächen bedenkenlos geeignet wäre. Also der großgeschriebene Teil der Gebrauchsanleitung wenigstens. Der wirklich überwiegende Teil der Anweisung war winzig klein gedruckt und ohne Lupe sowieso nicht lesbar. Dirk nahm ein Fläschchen mit und stellte fest, dass es auch für andere Einsatzzwecke Spezialreiniger gab. Überhaupt war scheinbar Aktionswoche für Reinigungsmittel und die Preise waren schlechthin der Hit. Feuchte Brillentücher – zwanzig Stück für nicht einmal einen Euro? Das war ja wohl nicht zu toppen. Ein Mikrofaserwischmopp, der am Stil einen praktischen Hebel zum Auswringen hatte, für deutlich unter vierzig Euro – zusammen mit dem dazugehörigen System-Putzeimer natürlich. Wahnsinn! Dirk umkreiste die Aktionsfläche Runde um Runde und erhöhte zum krönenden Abschluss seinen Vorrat an Alu-Reinigungsmilch auf fünf Fläschchen.

Ein Smart ist kein Kombi – selten hatte Dirk dies so sehr feststellen müssen, wie nach diesem Einkauf. Und dass er Plastiktüten grundsätzlich ablehnte, bezahlte er an diesem Tag damit, dass er fast eine halbe Stunde zum Ausladen brauchte und dass anschließend zwei seiner fünf Alu-Reinigerfläschchen irgendwo unterhalb der Sitze verschollen blieben.

Alles, was er laut Tanjas Einkaufszettel besorgen sollte, türmte er einfach auf dem Küchentisch. Dirk wusste nicht so genau, wo die Sachen hingehörten, beziehungsweise wo Tanja diese gerne untergebracht sähe. Viel mehr interessierte ihn die Reinigungswirkung seines Alu-Pflegemittels. Es funktionierte! Es funktionierte sogar sehr gut, mindestens genauso gut wie ein feuchtes Tuch mit etwas Spüli darauf. Klasse, dachte Dirk und machte sich sogleich daran, den Ceranfeld-Reiniger auszuprobieren. Außer, dass das Putzmittel penetrant nach Chemie stank, tat sich dort allerdings nichts. Es bleiben sogar irgendwie Schlieren. Schlieren, die vorher nicht da waren. Nun versuchte es Dirk mit herkömmlichem Glasreiniger. Den Schlieren war dies herzlich egal, sie fühlten sich wohl auf dem Ceranfeld und wichen nicht einen Millimeter. Dirk beschloss, dieses Problem lieber später mit Tanja zu erörtern, damit es nicht noch schlimmer würde.

Den neuen Kunststoffreiniger, den er insbesondere für die, nach jahrelangem Gebrauch unansehnlich gewordenen Terrassenmöbel gekauft hatte, probierte er vorsichtshalber erst einmal an der Küchen-Arbeitsplatte aus. Diese war weiß, hochglänzend und glashart – Tanjas Traumküche. Man konnte Kochtöpfe mit glühenden Böden darauf abstellen, ohne dass sie Schaden nahm. Eigentlich war die Arbeitsplatte nicht schmutzig, vielleicht gab es bei genauerem Hinsehen leichte Kalkablagerungen am Rand des Spülbeckens. Dirk trug die Reinigungsmilch der Anleitung entsprechend dünn auf und wartete zehn Minuten ab. Dann nahm er ein fusselfreies Tuch und polierte die Platte. Die Reinigungsflüssigkeit hatte sich leicht verfärbt und wirkte irgendwie klebrig. Mit Polieren kam er auf jeden Fall nicht weiter! Also nahm er den Küchenschwamm, tränkte diesen mit warmem Wasser und versuchte die Schweinerei wegzuwischen. Es klebte und klebte – das Zeug wollte sich partout nicht mit Wasser auflösen lassen. Also musste eine Rolle Küchentücher her, um zumindest alles erst einmal abzureiben. Nächster Versuch: Spüli. Spüli war sonst immer das Zaubermittel schlechthin. Mit Spüli bekam man fast alles weg – nur dieses Mistzeug von Kunststoffreiniger nicht! Dirk bemühte die Anleitung auf der Rückseite des

Fläschchens und nahm diesmal wirklich eine Lupe zur Hand. Die Reinigungsmilch konnte in ungünstigen Fällen die Oberfläche des zu reinigenden Gegenstands angreifen, las er. Aus diesem Grund sollte man sie an einer nichtsichtbaren Stelle probeweise anwenden. Nichtsichtbare Stelle! Wo sollte es an einer Arbeitsplatte eine nichtsichtbare Stelle geben?! Was man für den Fall tun sollte, der jetzt gerade in Tanjas Traumküche eingetreten war, wurde nicht mit einem Wort erwähnt! Dirk versuchte es mit Glasreiniger und schaffte es damit wenigstens, die Fläche trocken zu bekommen.

Jetzt wollte es Dirk aber wissen: Mit einem neuen Schwamm probierte er den Kunststoffreiniger an einem Terrassenstuhl aus. Schön auf der nichtsichtbaren Seite unterhalb der Sitzfläche. Kurz einwirken lassen, polieren und die Probestelle glänzte wie eine Speckschwarte. Von dem Ergebnis begeistert, arbeitete sich Dirk nun auf die Oberfläche vor. Von der Lehne, über die Armlehnen und die Sitzfläche bis zu den Füßen. Nach Einwirkzeit und Politur mittels eines weichen, fusselfreien Tuches, glänzte der Stuhl wie neu. Das deutlich vorhandene Altersgrau und die stumpfe Oberfläche waren spurlos weggewienert. Fantastisch! Dirk bearbeitete so mit vollem Elan die anderen drei Stühle und als er schließlich hörte, dass Tanja ihren Schlüsselbund in die Holzschale neben der Garderobe warf, erstrahlten alle vier Plastikstühle in neuem Glanz.

»Ich bin total kaputt!«, stöhnte Tanja zur Begrüßung. »Hast du was zu Essen gemacht?«

Dirk fühlte sich irgendwie überrumpelt.

»Äh – hattest du mir aufgetragen, etwas zu kochen?«

»Nein, hatte ich nicht. Aber ich hatte gehofft, dass du vielleicht selber auf die Idee kommen würdest.«

Tanja hängte ihre Jacke über den Bügel, zog sich die Hausschlappen an und setzte sich an den Küchentresen.

Während sie ihre Post öffnete, bat sie Dirk, ihr ein Glas Mineralwasser zu bringen. Sie überflog die Schriftstücke kurz, dann legte sie sie beiseite. Ihr Blick fiel auf den ellenlangen Kassenbon des *Money-Markts*.

»Du hast einhundertachtzig Euro ausgegeben?!«, fragte sie überrascht. »Wofür um Himmels willen hast du fast zweihundert Euro ausgegeben? Ich hatte dir doch nur ein paar Lebensmittel aufgeschrieben!«

Dirk stellte sich blöd.

»Wieso?«, fragte er scheinheilig. »Ich habe noch ein paar Sachen gefunden, die extrem heruntergesetzt waren. Non-Food sozusagen. Wusstest du, dass der *Money-Markt* Außenscheinwerfer und solche Dinge hat? Die haben ein Bomben-Sortiment und die wahren Schnäppchen gibt es immer nur für einen begrenzten Zeitraum.«

Tanja drehte sich ganz langsam zu ihrem Freund um.

»Du warst noch nicht oft einkaufen, stimmt´s? Na gut, dann werde ich mich mal daran machen, etwas zu Essen zuzubereiten.«

Tanja öffnete die Kühlschranktür und suchte die benötigten Zutaten zusammen.

»Sag mal, ich hatte dir aufgetragen, Frischkäse zu besorgen ...«

»Steht alles auf dem Tisch!«, beeilte sich Dirk.

Nun musste Tanja erst einmal den gesamten Einkauf wegsortieren. Ihre Laune verbesserte sich nicht gerade dabei.

»Wofür um Himmelswillen hast du diesen Schrubber gekauft?!«

»Das ist ein Mikrofaserwischmopp mit Auswringautomatik und Systemeimer!«

»Dirk, was soll der Blödsinn?! Seit wann kümmerst du dich um Putzmittel? Wir haben einen Wischmob und der ist garantiert praktischer als dieses Plastikding!«

Tanja war wütend.

»Was ist mit Gurken? Du solltest doch Gurken kaufen!«

»Äh – Gurken?«

Dirk musste überlegen.

»Gurken, richtig! Es gab keine Gurken. Also gab es schon, aber keine Bio!«

»Wie bitte?! Ich hatte dich gebeten, Gurken zu besorgen – ganz einfach Gurken, von Bio hatte ich nichts gesagt.«

Dirk glotzte sie verlegen an.

»Also keine Gurken! Na dann gibt es halt keinen Salat. Hast du wenigstens Brot gekauft?«

»Brot? Ach Brot!«

Dirk fischte hektisch den Einkaufszettel aus seiner Gesäßtasche hervor und las.

»Ach tatsächlich – Brot. Das hatte ich jetzt nicht gesehen. Stand ja auch auf der anderen Seite!«

»Dirk!«, schrie Tanja. »Kann man dich nicht einmal einkaufen schicken? Du gibst einhundertachtzig Euro für Quatsch aus und bist nicht einmal in der Lage das in den Einkaufswagen zu legen, weshalb ich dich überhaupt losgeschickt hatte?! Kannst du nicht einmal von einem Einkaufszettel ablesen, was du einkaufen sollst? Ich erwarte ja keine intellektuellen Höchstleistungen, nur, dass du den Zettel in die Hand nimmst und Position für Position abliest.«

Jetzt war Dirk völlig geknickt. Er hatte Schuldgefühle, fühlte sich ertappt aber irgendwie auch missverstanden.

Wütend und wortlos nahm Tanja einen Topf aus dem Schrank, füllte ihn mit Wasser und gab Salz dazu. Aus der Speisekammer holte sie eine Packung Spaghetti und legte diese bereit auf die Arbeitsplatte. Sie stutzte, wischte mit der Hand über die Fläche.

»Dirk!«, rief sie gereizt. »Dirk, sag mal was hast du mit der Arbeitsplatte gemacht?!«

Für die neue Arbeitsplatte verlangte das Küchenstudio

den unverschämten Preis von 1.200 Euro. Es war eine Sonderbestellung und sie mussten sechs Wochen darauf warten. Beim Einbau hatten die Monteure die ganze Küche so dermaßen eingesaut, dass Tanja den geschlagenen Nachmittag dafür brauchte, alles wieder einigermaßen sauber zu bekommen. Sie benutzte dafür die konventionellen Mittelchen, die sie immer dafür nahm, und die bisher auch ausgereicht hatten, die Wohnung blitzblank zu bekommen. Für Dirk hatte sich das Thema Reinigungsmittel fürs Erste erledigt. Zwar hatte er seine Terrassenstühle auf Hochglanz getrimmt, aber für den Preis der neuen Arbeitsplatte hätte er statt der ollen Plastikmöbel, Sessel aus vornehmem Alu kaufen können.

Grüne Woche

Messen übten eine magische Anziehungskraft auf Dirk aus. Er musste dienstlich häufig Fachmessen besuchen, aber so richtig interessant waren für ihn eigentlich Verbrauchermessen – solche, wie die *Grüne Woche* in Berlin eine war. So passte es prima, dass er an jenem Donnerstag im Januar in Berlin zu tun hatte und der darauf folgende Freitag zu seiner freien Verfügung stand. Tanja folgte ihrem Freund gemeinsam mit ihrer Freundin Sylvie in einem Reisebus. Während die beiden Frauen den Vormittag über die Berliner Malls und Modegeschäfte unsicher machten, reihte sich Dirk schon mal in die endlosen Schlangen an den unterbesetzten Kassen ein. Es schneite, es war bitterkalt und da vorne ging es einfach nicht weiter. In riesigen Lettern waren die Eintrittspreise an den großen Glasscheiben der Kassenhäuschen abzulesen, aber jeder einzelne Besucher musste erst einmal nachfragen, wie viel die Tickets kosteten. Erst dann überlegte er, wo um Himmelswillen das Portemonnaie steckte, um anschließend den passenden Geldbetrag umständlich daraus hervorzufischen. Dirk wurde fast wahnsinnig.

Es waren überwiegend ältere Herrschaften unterwegs und diesen war eine gewisse Reaktionsschwäche gemein. Vorne ging es gerade ein Stückchen weiter, aber direkt vor Dirks Nase beschäftigten sich die Senioren damit, Eintrittskarten zu suchen, die sie wenige Sekunden zuvor gekauft hatten. Es wurde geschubst und lamentiert und Dirk versuchte, sich an den langsam schleichenden Besuchern vorbeizuschlängeln.

Kaum hatte er die erste Hürde dieses Messebesuches überwunden, gab es schon das nächste massive Hindernis. Die Menschenmassen blockierten die Eingangsbereiche jeder einzelnen Halle, indem sie direkt nach deren Betreten, stehen blieben und sich erst einmal zu orientieren versuchten. Mit zugekniffenen Augen blinzelten sie zu den riesigen Schildern an den Hallendecken, um die Hallennummern kopfschüttelnd mit den Hallenplänen in ihren Händen zu vergleichen. Wie konnte es sein, dass nach Halle 11 Halle 12 folgte, wenn man zuvor in Halle 10 unterwegs war?

»Junger Mann, ich habe ein Geschenk für Sie!«, sprach ihn ein untersetzter Herr in abgewetztem Anzug an. Er reichte ihm drei hochglanzlaminierte Pappkarten in Flaschenform und führte ihn am Ellenbogen direkt zu seinem Weinstand. Dirk riss sich los. Das hatte ihm gerade noch gefehlt.

Eine Halle weiter blieb er dann vor einem Stand stehen, an dem Dampfsauger der Marke *Dampfi 2000* vorgeführt wurden. Es waren nicht die Geräte selbst, die ihn interessierten, sondern vielmehr der Vorführer dieser technischen Wunderwerke. Mit einer Eselsgeduld zog er sein Programm durch, erklärte in breitem rheinländischen Dialekt, was er da tat, und dies, obwohl ihm nicht eine Menschenseele dabei zusah. Als er Dirks Anwesenheit registrierte, führte er sein Showprogramm ungerührt fort. Dirk bekam so gerade noch den Schluss der Vorführung mit, und als der Mann fertig war, fragte er mäßig interessiert, ob Dirk noch irgendwelche Fragen hätte. Bevor Dirk antworten konnte, wandte er sich jedoch ab und ließ den einzigen Besucher einfach stehen. Dirk beobachtete, dass er einer Aktentasche, die unter dem Tisch einer Sitzgruppe stand, ein kleines Fläschchen entnahm und hastig ein-zwei Schlucke daraus herunterstürzte.

Dirk blieb weiterhin vor der, zu Demonstrationszwecken aufgestellten, gefliesten Wand stehen, in die ein Fenster und eine Spiegelfläche eingelassen waren. Er ließ zwei seiner Finger quietschend die Scheibe entlangfahren. Sauber war sie schon, das konnte man merken. Der Vorführer blickte irritiert zu Dirk hinüber. Er wischte sich mit dem Handrücken über seinen Schnäuzer.

»Kann ich Ihnen helfen?«, fragte er. »Sind sie an dem Gerät interessiert?«

Dirk trat einen halben Schritt zurück und betrachtete das dunkelblaue, glänzende Gehäuse des *Dampfi*.

»Was soll der denn kosten?«, fragte er zögerlich.

Nun richtete sich der Verkäufer auf, so, als ob er etwas daran ändern könnte, dass er Dirk nur etwa bis zur Schulter reichte. Knapp bis zur Schulter. Er stopfte sein Hemd zurück hinter den Hosengürtel.

»4.699. So wie er hier steht!«

Dirk zögerte.

»Ich mache Ihnen ein Angebot: 4.300. Da sparen Sie glatte vierhundert Euro!«

»Vier-drei, so wie er hier steht?«, fragte Dirk.

»Korrekt, so wie er hier steht!«

Dirk überlegte.

»Also mit halb vollem Schmutzwassertank!«

Dirk grinste über das ganze Gesicht – der Verkäufer hingegen fand diese Feststellung gar nicht lustig.

»Sie kriegen natürlich ein neues Gerät in Originalverpackung!«

»War ja auch nur Spaß!«

»Haha!«

Der Handelsvertreter verlor merklich Interesse an Dirk, und Dirk verlor Interesse an dem *Dampfi*.

»Aber mal ehrlich, vier-drei für solch einen elektrischen Wischmob ist ja nun nicht gerade ein Schnäppchen!«

Der Mann bückte sich, schaltete den Dampfsauger an, nahm einen Lippenstift aus seiner Jackentasche hervor und krakelte damit über die Spiegelfläche. Er ließ das Dampfmonster aufzischen und fuhr mit einem Abzieher, der an einem schweren Riffelschlauch angebracht war, über den Spiegel. Schwupps – war der Lippenstift in Rauch aufgelöst und im Monsterschlauch verschwunden.

»Machen Sie das mal mit einem Wischmob!«, knurrte er

Dirk an.

»Aber Viertausend-Dreihundert! Das ist doch ein hammerharter Preis!«

»Ist ein Profigerät!«

»Aber ich bin kein Putz ... äh, Putzprofi! Wer kauft denn so was?!«

Der Vertreter schaltete den *Dampfi 2000* wieder aus.

»Wir verkaufen jedes Jahr über fünftausend Stück davon – alleine auf Messen!«

»Glaub ich nicht!«

»Brauchen Sie meinetwegen auch nicht!«

Der Vertreter wandte sich schon wieder halb in die Richtung seiner Aktentasche mit mysteriösem Inhalt.

»Was sind denn das für Leute, die so viel Geld für ein Putzgerät ausgeben?!«

Der Mann kam wieder zurückgeschlurft und sah Dirk fest in die Augen.

»Menschen, die es Zuhause sauber mögen. Es soll ja auch Leute geben, die den Dreck lieben. Also Messies werden unsere Geräte garantiert nicht kaufen!«

Eins zu null, dachte Dirk. So rein rhetorisch!

»Na ja, ich interessiere mich auch nicht für den *Dampfi 2000* und ich bin mit Sicherheit kein Messie, falls Sie das damit andeuten wollten!«

»Das wollte ich natürlich nicht, und interessieren tun Sie sich schon für das Gerät. Sie überlegen wahrscheinlich nur noch, wie sie den Kauf Ihrer Frau gegenüber rechtfertigen können.«

»Ich bin überhaupt nicht verheiratet!«

»Aber Sie teilen sich sicherlich mit einer Freundin eine Wohnung, stimmt´s?«

»Ja das schon!«

»Sehen Sie? Sie konnten sich bisher noch nicht zu einer Heirat entschließen. Sie sind entscheidungsunfreudig.«

Rhetorisch war auch das nicht schlecht, aber die Direktheit des Verkäufers empörte Dirk.

»So ist das ja auch nicht, meine Freundin wollte bisher noch nicht! Ist ja auch egal, man muss ja heutzutage gar nicht unbedingt heiraten!«

Der Verkäufer zuckte mit der Schulter und Dirk wollte jetzt gerne von diesem Thema loskommen.

»Wer ist eigentlich auf den Namen *Dampfi 2000* gekommen? Ich dachte, bescheuerte Namen wären indessen von der EU-Kommission verboten worden!«

Das war frech und Dirk war gespannt auf die Reaktion des Vertreters. Zu seiner Überraschung verzog der plötzlich sein Gesicht zu einem breiten Grinsen.

»Die EU-Kommission!«, antwortete er verächtlich. »Was will die EU-Kommission schon verbieten!? Die sind doch alle gekauft. Wussten Sie, dass die Merkel von der Dampfsauger-Lobby ins Amt gehoben wurde?«

»Die Merkel? Nein! Wusste ich nicht!«

»Da sind Sie sprachlos, was?!«

Hinter einem Vorhang trat ein groß gewachsener Mann in schwarzem Anzug und mit einem hässlich vergilbten Schnäuzer hervor. Er trug tatsächlich eine bunte Micky-Maus Krawatte.

»Was machen Sie hier eigentlich, Herr Mikosch?!«, fragte er seinen Handelsvertreter. Herr Mikosch zuckte regelrecht zusammen.

»Er berät mich über den *Dampfi 2000*«, beeilte sich Dirk.

Herr Mikosch warf Dirk einen dankbaren Blick zu.

»Und? Sind Sie schon zu einem Abschluss gekommen, Herr Mikosch?«

Mikosch sagte nichts. Der Mann richtete sich an Dirk.

»Sie interessieren sich für den *Dampfi 2000*?«

Er wandte sich kurz zu seinem Untergebenen: »Danke Herr Mikosch. Ich mache jetzt hier weiter.«

Dirk verschlug es fast die Sprache, wie der Mann seinen

Kollegen öffentlich demontierte.

»Ja danke Herr Mikosch«, richtete Dirk sich an ihn, »ich glaube, dass ich alles vollumfänglich erklärt bekommen habe. Ist nicht meine Liga – dieses Profigerät. Und der Preis ist ja auch ganz schön happig! Tschüss Herr Mikosch!«

Dirk ging weiter und wurde von einem korpulenten Mann mit blondierter Minipli aufgehalten, der ein Geschenk für ihn hatte: drei hochglanzlaminierte Pappkarten in Flaschenform. Dirk lehnte unwirsch ab.

Eine große Menschentraube hatte sich vor einem Messestand gebildet und diese erweckte Dirks Neugier. Was er dort sah, fand er tatsächlich hochinteressant und so reihte er sich in die staunende Menge ein. Es gab Kreissägeblätter zu bestaunen, die wirklich jedes Material wie Butter durchtrennten. Der Vorführer kommunizierte in fast unverständlicher, mutmaßlich schwäbischer Mundart, aber die Zauber-Sägeblätter sprachen für sich. Mühelos fraßen sie sich durch Stahlrohre, durch Holzbretter, Plexiglas und durch Marmor.

»Unds Beschde isch no, des Blad dud sich von alloi scharf mache!«, schwärmte der Mann.

»Kann man damit auch Hartkäse schneiden? Ich meine richtig harten Hartkäse, so wie Parmesan oder so«, warf Dirk spöttisch ein.

Die Menschentraube drehte sich empört zu ihm um, der Vorführer jedoch nahm überhaupt keine Notiz davon.

»Gugge se ämole!«, fuhr er fort und durchtrennte einen Eichenbalken, in dem mehrere fingerdicke Zimmermannsnägel steckten.

Ein Raunen der Bewunderung ging durch die Zuschauer.

»Was kostet das Set?«, rief ein Mann dazwischen.

»Ja, was sollen die Sägeblätter kosten?«, ein anderer.

Der Sägeblattvertreter wehrte ab: »Des beschreib i ihne

nochherdo no ausfierlich. Zscherd vozähl i ihne wie des älles mit dem Wingelschleiferlerle nore gehd!«

Jetzt konnte Dirk sehen, dass etliche Zuschauer spontan ihre Portemonnaies zückten, bereit, fast jeden Preis für die Wunderwaffe der Heimwerktechnik zu bezahlen. Der Schwabe jedoch zog seine Vorführung unbeirrt durch. Zu sehr freute er sich offenbar selbst auf die noch folgenden Knüller-Pointen. Ein junger Mann stieß Dirk sachte an.

»Sagen Sie, haben Sie verstanden, wie hoch der Preis für die Dinger sein soll?«

»Nein. Ich kann den kaum verstehen! Ich meine, dass er der Preis noch gar nicht genannt hatte.«

»Ach, dann sehe ich später mal im Internet nach. Danke auf jeden Fall.«

Der Mann setzte seinen Gang durch die Messehalle fort und nach und nach wandten sich immer mehr Zuschauer ab. Sie steckten ihre Brieftaschen wieder ein, der eine oder andere nahm sich noch geschwind einen Fleyer aus dem Display. Als Mister-Zaubersägeblatt schließlich fertig war und sich den Schweiß mit einem Stofftaschentuch von der Stirn wischte, stand nur noch Dirk vor ihm.

»Wo kann man die Sägeblätter denn kaufen?«, fragte Dirk. »Gibt es die auch im Baumarkt?«

Nun erfuhr er, dass es die Dinger nur im Direktvertrieb auf Messen gab, da sonst der sensationelle Preis von 115 Euro gar nicht gehalten werden konnte.

»Okay«, verabschiedete sich Dirk. »Ich hab´ sowieso weder Kreissäge noch Winkelschleifer. Hat mich nur mal so interessiert – so rein technisch.«

Nächste Halle, nächstes Geschenk: drei hochglanzlaminierte Pappkarten in Flaschenform. Dirk bekam Hunger. Wie schön, dass er direkt auf einen bunt dekorierten Thailandimbiss zusteuerte. Die hübsche, schüchtern lächelnde Hostess konnte kaum Deutsch, und ihr Englisch war nicht zu verstehen. Aber Dirk war ja in der Lage zu lesen – nur verstand er kaum etwas von dem, was auf der Speisekarte im Rücken der Thailänderin stand.

»Yam Pla Mamuang, was ist denn das?«, fragte er. Ihr Gesicht verzerrte sich panisch.

»Yam Pla Mamuang, Fisch. Fisch mitte Mango.«

»Oh Fisch mit Mango! Hmm! Und was ist Gaeng Phet Gai?«

Jetzt antwortete die junge Frau gar nicht mehr. Hilfe suchend tasteten ihre Augen die Messehalle ab. Vielleicht war eine Kollegin gerade einmal austreten gegangen? Dirk konnte sich nicht vorstellen, dass dieses arme Geschöpf einen ganzen Messeimbiss ohne jegliche Deutschkenntnisse alleine schmeißen sollte.

»Ist das scharf?«, versuchte es Dirk weiter.

»Nick schaaf!«, antwortete sie.

»Na gut, dann bitte einmal Gäng ... dieses da!«

Beim Brutzeln am Wok war die junge Frau dann voll in ihrem Element. Sie wirbelte mit der Metallschale und einer Kelle herum, als ob sie ein Tennismatch gewinnen wollte. Eine Stichflamme stieg auf, es duftete würzig-süß und Schwupps – war das Menü fertig und dampfend auf den Glastresen gestellt. Nun strahlte die Frau erleichtert.

Dirk pustete gegen die Hitze an und nahm beherzt einen Löffel voll in den Mund. Im gleichen Moment stockte sein Atem. Sein gesamter Rachenraum brannte, als wenn er eine glühende Eisenkugel verschluckt hätte. Tränen schossen ihm in die Augen.

»Scharf!«, hüstelte er der Thailänderin zu.

»Nick Schaf, Huhn! Huhn Curry!«

Halle 8 – es gab ein Geschenk: drei hochglanzlaminierte Pappkarten in Flaschenform.

»Okay, was haben Sie denn Schönes?«, fragte Dirk den aufdringlichen Mann mit albern buntem Brillengestell.

»Nehmen Sie Platz! Was trinken Sie denn? Weißwein

oder lieber einen schönen Roten?«

»Nein nein, Rotwein bitte.«

»Lieblich?«

»Sie meinen süß?! Nein einen Trockenen bitte!«

Der Mann angelte mit der Zunge Essensreste aus seinem Backenzahn und tröpfelte Dirk Wein in ein eierbechergroßes Gläschen. Dirk schluckte den Tropfen herunter und hielt ihm das Glas entgegen.

»Könnte noch etwas trockener sein!«

Der Mann ging zu einem Regal und kam mit einer weiteren Flasche zurück.

»Ein Pfälzer Dornfelder von zweitausendundfünf«, leierte er herunter. Dirk versuchte, ihm den Spaß nicht zu verderben. Er schwenkte das Gläschen vor seinen Augen, steckte die Nase hinein – also mehr die Nasenspitze – und ließ die teelöffelgroße Menge des Getränks im Mund gurgeln.

»Nicht schlecht!«, kommentierte er.

»Könnten Sie sich vorstellen, ein paar Flaschen davon zu bestellen?«, fragte der Händler.

»Was haben Sie denn noch? So in dieser Richtung?«, fragte Dirk.

Der Mann zögerte, dann schlurfte er zu seinem Regal und schenkte knapp aus einer Flasche ein. Dirk hielt ihm das Glas entgegen, der Mann zog eine Augenbraue hoch, bequemte sich dann aber doch, das Gläschen vollzugießen. Der Wein schmeckte wirklich gut. Es war jetzt nicht unbedingt der Kracher, aber so zu einem leckeren Fleischgericht ...

Der Weinvertreter fragte jetzt gar nicht mehr, sondern zückte gleich eine Mappe, nahm seinen Kugelschreiber zur Hand und wollte direkt Dirks Anschrift für eine Bestellung aufnehmen.

»Sie haben ja nicht einmal erwähnt, was der Wein kosten soll!«, protestierte Dirk.

Nun tat der Mann erstaunt.

»Vierundzwanzig-neunzig. Hatte ich das nicht gesagt?«

»Die Flasche oder der Karton?«

»Das ist ein achtundneunziger Spätburgunder.«

»Also vierundzwanzig-neunzig pro Karton?!«

»Sie scherzen!«

»Na ja, so gut hat er mir dann auch wieder nicht geschmeckt!«

Ohne ein weiteres Wort zu verlieren, räumte der Vertreter das gebrauchte Glas vor Dirks Nase weg und begab sich auf Lauerposition, um weitere Messebesucher mit seinem Geschenk zu beglücken: drei hochglanzlaminierten Pappkarten in Flaschenform.

Zwischenzeitlich hatte sich Tanja per Textmessage bei Dirk gemeldet. Sie und ihre Freundin Sylvie hatten gerade das Messegelände betreten und wollten sich nun mit ihm treffen. Dirk rief sie auf dem Mobiltelefon an und so verabredeten sie sich am Übergang zwischen Halle 6 und Halle 7.

»Hast du etwas gekauft?«, fragte Tanja nach einem Begrüßungskuss.

»Ich? Nee, wieso sollte ich etwas gekauft haben?«

Tanja antwortete nicht, sondern warf Sylvie einen vielsagenden Blick zu.

»Doch, warte mal.«

Dirk öffnete seine Umhängetasche und nahm ein in Plastikfolie verpacktes, buntes Schwamm-Dingens heraus.

»Was soll das sein? Etwas für dein Boot?«

»Nein ... ja, kann man auch dafür nehmen. Es ist ein Schwamm mit Abzieher, bei dem dir das Wasser nicht in den Ärmel läuft, sondern in einen Tank, der in den Griff eingebaut ist. Zum Fensterputzen. Für Spiegel ... überhaupt für alle glatten Flächen.«

Gut, dass Tanja an diesem Tag bestens gelaunt war, so gab sie nur eine bissige Bemerkung ab: »Hast du schon mal Fenster geputzt?«

»Andere Männer kaufen ihren Freundinnen Juwelen, oder zumindest Blumen oder Praline!«, frotzelte Sylvie.

Alle drei hatten Hunger.

»Oh seht mal: Tapas!«, rief Sylvie verzückt.

»Tapas aus Norwegen?«, bezweifelte Dirk.

Für zwei Euro pro Portion gab es Häppchen mit Lachs oder Hirschfleisch, dazu einen Aquavit. Lecker! Sie bestellte gleich jeweils eine weitere Portion und damit war der Appetit so richtig angeheizt. Weiter ging es am Stand der Ukraine mit Kaviar – und einem Gläschen Wodka dazu! Fette Bratwurst aus Polen musste mit einem Kräuterschnaps als Verdauungshilfe unterstützt werden, beim Spanier bekamen sie dann echte Tapas. Hier gab es keinen Schnaps, aber zumindest einen milden Sherry. Wieder zurück in Skandinavien wurde Elchfleisch probiert – hier hieß der Schnaps einfach nur Snaps – beim Franzosen verkosteten sie Salami und Käse. Das Hungergefühl wich allmählich einem Schwips. So futterten sie sich durch zwei oder drei Hallen hindurch und landeten schließlich bei einem freundlich grinsenden, älteren Vietnamesen. Hier wurden mit Fleisch oder Gemüse gefüllte Teigtaschen angeboten. Auch diese schmeckten vorzüglich, und zur Verdauung schenkte der Mann Nếp Mới aus, einen vietnamesischen Reisschnaps. Das Trio rätselte, wonach dieses Getränk schmeckte.

»Den Geschmack kenne ich irgendwo her!«, behauptete Dirk.

»Ja, warte mal«, überlegte Tanja. »Irgendwie nach Kakao, oder so.«

»Noch eine Runde bitte!«, orderte Sylvie.

Der vietnamesische Herr trank aus Verbundenheit ein Gläschen Nếp Mới mit und nach der fünften Runde waren sie zu viert in interessante, heitere Gespräche vertieft. Weitere Messebesucher gesellten sich zu ihnen und im Nu hatte sich eine Menschentraube um sie herum gebildet, die den ganzen Gang versperrte. Viele der Besucher berichteten von ihren Reiseerlebnissen in Vietnam, oder interessierten sich ihrerseits für Informationen über das Land, weil sie immer schon mal dort Urlaub machen wollten. Es war ein lustiger, bunt gemischter Haufen und der Neffe des Standinhabers musste rasch weitere Flaschen des Reisschnapses herbeiholen.

Während sich Dirk angeregt mit dem Vietnamesen unterhielt, ertönte eine Lautsprecherdurchsage, die den bevorstehenden Schluss des Messetages ankündigte. Man verabschiedete sich von den vietnamesischen Gastgebern und schlenderte schwatzend und kauend in Richtung Ausgang. Hier schnell noch ein polnisches Speiseeis gekauft, dort im Vorbeigehen einen dänischen Hotdog, so zog der etwa zwanzigköpfige Tross von Menschen, die sich eine Stunde zuvor noch gar nicht gekannt hatten, weiter.

An einem slowenischen Stand sah Dirk Herrn Mikosch stehen. Den *Dampfi 2000* Mikosch. Er hatte gerade ein gelbliches Getränk aus einem Schnapsglas heruntergestürzt. Die Hostess hielt die geöffnete Flasche in der Hand und schenkte umgehend nach.

»Hallo Herr Mikosch!«, grüßte Dirk. »Haben Sie endlich Feierabend, was?!«

Mikosch verschluckte sich, wische mit dem Handrücken über sein Kinn und blinzelte Dirk entgegen. Offenbar erkannte er Dirk nicht.

»Ich bin's. Wir hatten uns vorhin an Ihrem Stand über Dampfsauger unterhalten!«

»Jaja – Sie sind's«, lallte der Handelsvertreter.

»Kennt ihr euch?«, fragte Tanja überrascht.

Mikosch lehnte sich an den Tresen des Verkaufsstands und musterte Tanja mit glasigen Augen. Jetzt tat er Dirk direkt leid. Muss ein schlimmer Job sein, dachte er.

»Hat Ihr Chef vorhin noch irgendwie Ärger gemacht?«, fragte er.

»Nein, nein, geht schon!«

Der Mann stürzte einen weiteren Schnaps in sich hinein und hielt der Hostess das Glas auffordernd hin. Er drehte sich wieder zu Dirk um.

»Hat sich sowieso ausgedampft! Ich bin nicht mehr im Rennen!«

»Oh, das tut mir leid! Was ist geschehen?«, fragte Dirk bestürzt.

»Dirkilein, wir wollen weiter!«, unterbrach Sylvie.

Herr Mikosch prostete Dirk zum Abschied zu und sie setzten ihren Weg in Richtung Ausgang fort.

Sylvie blieb an einem rumänischen Weinstand stehen. Sie hatte noch nie zuvor gehört, dass in Rumänien Wein angebaut wurde. Für kleines Geld konnte man großzügig eingeschenkte Kostproben bekommen. Also zweiundzwanzig Gläser von dem Roten, bitte!

Dirk sah auf seine Uhr, ein Mann vom Standpersonal machte eine beschwichtigende Handbewegung.

»Hier wird so schnell niemand herausgeworfen!«, beruhigte er. »Und wenn wir dennoch alle eingesperrt werden sollten, dann haben wir wenigstens genügend Wein vorrätig!«

»Und rumänische Salami! Hier probiert mal!«, ergänzte ein Kollege.

Gut zwanzig Gläser waren schneller ausgetrunken, als der Wein nachgeschenkt werden konnte. Nach kurzer Zeit ging man dazu über, Strichlisten für die spätere Abrechnung zu machen.

»Wie trailerst du dein Segelboot?«, fragte ein Mann in Dirks Alter interessiert.

»Gute Frage! Ich besitze einen Smart, also muss ich mir

jedes Mal einen Mietwagen mit Anhängerkupplung nehmen.«

Tanja musste tausend Fragen zu ihrem selbst gestrickten Pullover beantworten und Sylvie schäkerte mit einem Dorfschullehrer aus Ostfriesland.

»Der hat so einen trockenen Humor; ich könnte mich pausenlos schlapp lachen!«, raunte sie Tanja beschwipst zu.

Plötzlich stand Herr Dampfi-Mikosch neben Dirk. Sie sahen sich beide überrascht an.

»Kommen« Sie, trinken Sie ein Weinchen mit uns!«, bot Dirk an.

Herr Mikosch konnte sich kaum noch auf den Beinen halten, sein Gehirn jedoch arbeitete noch ausgezeichnet und ohne merkliche Aussetzer.

»Was ist passiert?«, wiederholte Dirk seine Frage von vorhin. »Ach übrigens: ich bin Dirk. Wir sind ja jetzt privat!«

»Harri, angenehm.«

Harri Mikosch deutete ein Nicken an und trank einen ordentlichen Schluck Wein.

»Soll der Alte doch seine scheiß *Dampfis* fressen, dieser Vollidiot! Das ist alles sowieso der letzte Mist! Haben Sie die Schläuche gesehen?«

Dirk schüttelte bestürzt den Kopf.

»Na ja. War so etwas wie eine Galgenfrist. Als Handelsvertreter ist man auf seinen Führerschein angewiesen. Wie sollte ich so Hausbesuche machen? Hausbesuche sind unser Geschäft. Die Messen hier, die sind nur so ein Nebenbei!«

Dirk nickte dem rumänischen Weinhändler zu und der schenkte eine weitere Runde ein.

»Sie haben Ihren Führerschein verloren, was?«

»Du – wir waren beim Du! Ja, dumm gelaufen! Ich war bei einer Feier und am nächsten Tag haben sie mich erwischt. Restalkohol. Damit hatte ich gar nicht gerechnet, nach so vielen Stunden.«

»Jaja, da trinkt man einmal auf einer Feier ein Gläschen und schon stehen die Bullen neben einem! Polizeistaat sage ich nur!«

Es war Sylvie, die diese unpassende Bemerkung von sich gegeben hatte.

»Und Sie sind perfekt, was? Sie machen nie Fehler!«

Harri schluckte mit bitterer Mine seinen letzten Tropfen Rotwein herunter.

»Das habe ich ja gar nicht gesagt! Mann! Seid doch mal etwas locker!«

»Ja sei du mal locker, wenn du gerade deinen Job verloren hast!«, sagte Dirk vorwurfsvoll. »Komm Harri, ich geb' noch einen aus!«

»Habt ihr mal diese geile Landschaft gesehen?«, fragte eine Frau in die lustige Runde hinein und deutete auf ein riesiges Poster im Hintergrund. Die Fotografie stellte eine bewaldete Bergkette von Maramures dar, vor der sich eine idyllische Ebene ausbreitete, die hölzerne Kirchen und landwirtschaftliche Anwesen zeigte.

»Wahnsinn! Da müsste man mal Urlaub machen, nicht mit Millionen von Touristen an irgendeinem langweiligen Strand!«

»Und da kommt man mit der Bahn hin!«, stellte Dirk nachdenklich fest.

Irgendwann trat dann das Wachpersonal in Erscheinung und forderte die letzten Gäste energisch auf, zu gehen. Man tauschte noch schnell Adressen aus, dann verlor sich die vergnügte Gesellschaft im hektischen Durcheinander der heimwärts eilenden Messebesucher.

»War doch ein toller Nachmittag!«, stellte Tanja grinsend fest, als sie im Taxi saßen und zu ihrem Hotel fuhren. »Und ich habe dir sogar ein kleines Geschenk mitgebracht.«

Dirk war überrascht.

»Ein Geschenk? Was ist es denn?«

»Sollen wir es ihm gleich hier geben?«, fragte Tanja ihre Freundin Sylvie.

»Na klar, er platzt doch schon vor Neugier!«

Dirk fühlte durch die Verpackung hindurch, dass es etwas aus Stoff war. Er riss das Papier auf und zum Vorschein kam eine pinkfarbene Schürze mit dem Aufdruck ›Hanka Putzteufel – Der Freund der Hausfrau‹.

»Gab es in Halle drei; müsste dir sogar passen!«, sagte Tanja.

»Die passt doch farblich hervorragend zu deinem Fensterabstreifer mit Schmutzwasser-Auffangtank!«, ergänzte Sylvie kichernd.

Hochzeit

»Ach du Schande!«, rief Dirk aus.

»Hast du die Tageszeitung reingeholt?«, fragte Tanja aus dem Treppenhaus.

»Nein noch nicht!«

Die Küchentür öffnete sich und Tanja blickte ihren Freund forschend an. Dirk sah auf und entschuldigte sich: »Ich decke den Frühstückstisch sofort. Hatte nur noch meine Mails gecheckt.«

»Und was war dann ›ach du Schande‹?«

»Ich habe gerade eine Mail von Tillmann bekommen. Die heiraten.«

»Tillmann Lange? Ach du Schande!«

Tanja setzte sich zu Dirk an den Küchentresen.

»Der heiratet wirklich das langweilige Pummelchen Dagmar?«

»Ich weiß, dass du sie nicht ausstehen kannst, aber sie sind jetzt auch schon ein paar Jährchen zusammen.«

Tanja stand auf und bereitete die Kaffeemaschine vor. Langsam drehte sie sich zu Dirk um, der gerade dabei war, sein iPad auszuschalten, um es in die Arbeitstasche zu stecken.

»Aber wir müssen da nicht etwa hin, oder?!«

»Natürlich müssen wir! Wir sind eingeladen! Tillmann ist schließlich mein zweitbester Freund.«

»Das ist ja wohl schon eine ganze Weile her. Ihr habt euch bestimmt seit vier Jahren nicht mehr gesehen!«

Dirk schüttelte den Kopf.

»Zumindest bin ich sein bester Freund und außerdem hat er mir im April mit seinem Auto ausgeholfen. Na ja, hätte er beinahe ... ach, da möchte ich gar nicht mehr dran denken!«

Während des gesamten Frühstücks war Tanja maulig, was Dirk natürlich nicht bemerkte, da er in die Tageszeitung vertieft war.

»Die Lohmann will wieder für das Bürgermeisteramt kandidieren!«, sagte er.

»Das ist mir doch egal, soll sie meinetwegen!«

Dirk blickte auf.

»Bist du jetzt irgendwie sauer, weil wir zur Hochzeit gehen müssen?«

Tanja hatte nur auf dieses Stichwort gewartet. Nun ließ sie ihren ganzen angestauten Frust heraus.

»Weißt du, wen wir da alles treffen werden?«, fragte sie vorwurfsvoll.

»Und dann wird die dicke Dagmar garantiert das volle Programm abziehen, mit Kirche, weißem Kleid mit Schleier, Brautjungfern, Blumen streuenden Rotzgören ... und überhaupt, du wirst doch mit Sicherheit Tillmanns Trauzeuge sein. Der hat doch keine anderen Freunde und soweit ich weiß, hat er nicht einmal Geschwister.«

Dirk rollte mit den Augen.

»Erzähl schon, bist du Trauzeuge?!«

»Nein ... weiß ich nicht! In der Email stand nichts. Ist ja auch erst die Vor-Einladung, damit sich die Gäste den Termin freihalten.«

Zu seiner eigenen Überraschung war Dirk dann doch nicht zum Trauzeugen erkoren worden. Diese Aufgabe übernahm Dagmars Bruder Harre. Ihre eigene Trauzeugin war Schwester Hanna, und damit war ganz eindeutig klargestellt, dass Tillmann von Dagmars Sippe komplett vereinnahmt worden war und in der Ehe nichts zu melden haben würde.

Tanja wollte dem Ereignis eigentlich fernbleiben. Dirk hatte Verständnis dafür und war einverstanden damit, alleine zur Trauung zu gehen. Das wiederum ärgerte Tanja und stimmte sie um, doch an der Seite ihres Freundes daran teilzunehmen.

Dagmar erschien in einem Traum von einem Hochzeitskleid. Er war aus mehreren Quadratkilometern weißer Wildseide genäht und der üppige Schleier verdunkelte den gesamten Landkreis und sorgte für Unwetterwarnungen und Umleitungen des Flugverkehrs. Dagmar war schwanger. Sie ließ Tillmann nicht eine Sekunde aus ihrer Umklammerung und als der Dirk begrüßte, sagte sein Augenaufschlag ganz unmissverständlich, dass er eine Schlacht verloren hatte.

»Hi Alter, gratuliere!«, raunte ihm Dirk zu. Tillmann antwortete leise: »Tja, so schnell kann´s kommen!«

»Habe ich irgendetwas nicht mitbekommen?!«, flüsterte Tanja ihrem Freund ins Ohr. »Ist das hier eine Beisetzung oder eine Hochzeit?! Dein Freund schäumt ja geradezu über vor Glück!«

Dagmar begrüßte Tanja so, wie eine Hofdame die Huldigung des Gesindes entgegenzunehmen pflegte. Demonstrativ fasste sie sich an den strammen Bauch und verzog ganz kurz das Gesicht, wie bei einem stechenden Schmerz.

»Treten die Wehen schon ein?!«, stänkerte Tanja. Dirk stieß sie mit dem Ellenbogen an.

Der Standesbeamte hielt vor Beginn der eigentlichen Trauungszeremonie eine halbstündige Rede, in welcher er Dagmars bisheriges Leben in den bunt schillerndsten Farben ausmalte. Für Tillmanns Bio blieben dann leider nur noch ein paar zusammengestammelte Sätze.

»Das ist ja eine Exekution hier!«, raunte Tanja Dirk zu, der sich langsam immer unbehaglicher bei der ganzen Veranstaltung fühlte. Einerseits tat ihm sein Freund wirklich leid, auch wenn die Gemeinsamkeiten in den letzten Jahren auf den gelegentlichen Genuss von Cappuccino im Segelklub zusammengeschnurrt waren. Andererseits war ihm Tanjas Lästern unangenehm und peinlich. Als dann die entscheidenden Fragen an das Brautpaar gerichtet wurden und die versammelte Hochzeitsgesellschaft vor Erwartung erstarrte, zögerte Tillmann das gekrächzte »Ja ich will!«, so lange heraus, dass die Dagmar-Sippe im Verborgenen damit begann, die Abzugshähne ihrer Revolver zu spannen und Sicherungssplinte bereitgehaltenen Handgranaten zu entfernen.

Einzig die Verkündung des künftigen Namens der Braut, ließ Tanja einen aufschreiartigen Lacher entweichen. Die Glückliche würde fortan mit Dagmar Lange-Nahse unterzeichnen.

»Komm, lass uns mal eine rauchen gehen!«, forderte Tillmann Dirk auf und schob ihn von der Gesellschaft weg zum Hintereingang des Rathauses.

»Ich rauche nicht, das weißt du doch!«

»Ich habe vor drei Wochen wieder angefangen und du wirst jetzt aus Solidarität schön eine mit mir zusammen quarzen! Kannst ja paffen, wenn du willst!«

Dirk ließ sich widerwillig eine Filterzigarette anzünden. Er inhalierte den Qualm nicht, musste aber dennoch davon hüsteln.

»Was sagst du?«, fragte Tillmann.

»Tja, was soll ich sagen. Kam schon etwas überraschend für mich!«

Er drückte die nur zu etwa einem Viertel verglimmte Zigarette an der Rathauswand aus.

»Andererseits wart ihr ja auch schon ziemlich lange ein Paar. Und dann die Schwangerschaft. Im wievielten Monat ist Dagmar eigentlich?«

Tillmann ließ seinen Blick in die Ferne schweifen.

»Im vierten. Im vierten Monat erst.«

»Im vierten Monat?! Dafür hat sie aber schon ganz schön ... ich meine ihr Bauch ... also ...«

»Sie frisst den ganzen Tag lang!«, unterbrach Tillmann.

»Ich habe den Eindruck, dass sie unbedingt will, dass alle Welt sieht, dass sie schwanger ist! Ich meine, bei anderen

Frauen siehst du manchmal noch nicht einmal kurz vor deren Entbindung, dass sie ein Kind erwarten.«

»Sag mal, wessen Idee war das eigentlich mit dem Namen?«, fragte Dirk.

Tillmann atmete tief ein.

»Auf so etwas kann nur Dagmar kommen! Ich glaube, sie hat es bis heute nicht verstanden, warum sich alle Welt darüber totlacht! Sie ist so dermaßen verliebt in ihren Daddy, dass sie auf keinen Fall auf dessen Familiennamen verzichten wollte. Muss sie halt mit klarkommen!«

»Du hättest ihren Namen annehmen können!«

»Nahse?! Möchtest du Nahse heißen? Tillmann Nahse – klingt doch beschissen!«

Die Tür ging auf und Tillmanns Schwager Harre steckte seinen Kopf heraus.

»Ach hier bist du! Die anderen suchen dich schon!«

»Wir sind zu zweit, siehst du das?! Die anderen suchen *uns*, nicht nur mich! Es müsste *uns* heißen!«

Tillmanns Augen funkelten.

»Ja entschuldige – euch! Ich sag' Bescheid, dass ihr gleich kommen werdet, okay?!«

Tillmann wandte sich wieder Dirk zu. Er nickte wortlos.

»Alles Okay mit dir?«, fragte Dirk tröstend. »Ich meine heute ist dein Hochzeitstag. Da sollten doch die Glocken im Himmel für dich läuten!«

»Lass uns reingehen«, forderte Tillmann mit einem leichten Krächzen in der Stimme. »Wer braucht schon Glocken?!«

»Wo wart ihr denn so lange?!«, empfing Tanja ihren Freund. »Die dicke Braut hätte vor Sorge um ihren Liebsten fast eine Frühgeburt bekommen!«

»Sie ist erst im vierten Monat schwanger, also wird's wohl noch etwas dauern!«, gab Dirk bissig zurück.

»Im vierten? Bist du sicher?«

»Ich hab's von Till – der wird sich wohl sicher sein!«

»Sechslinge! Es werden Sechslinge, da wette ich drauf!«

Tanja ging kopfschüttelnd hinter Dirk her in Richtung Restaurant, wo zum Mittagessen geladen worden war.

Während des Essens konnte Dirk seinen Blick nicht von der Braut lassen. Er zählte ihr die Bissen und Nachschläge in den Mund und wollte kaum glauben, dass sie solche Berge verdrücken konnte.

Papa Nahse hielt eine Rede. Erst gratulierte er dem Brautpaar, dann erzählte er ein paar Anekdoten aus dem Leben seiner Super-Tochter. Es war für die meisten Gäste kaum nachvollziehbar, was der Vater an seinen eigenen Ausführungen lustig fand und warum er die Meinung vertrat, dass ausgerechnet diese Tochter so einzigartig und hochbegabt war. In Dirks Augen hatte Schwester Hannah erheblich mehr Esprit, Humor und Intelligenz abbekommen als Nesthäkchen Dagmar. Auch Bruder Harre, der ja nicht bis zwei zählen konnte, stellte sich in einer Unterhaltung mit Dirk als intelligenter und obendrein auch noch hochinteressanter Gesprächspartner dar.

»Meine Schwester musste als Kind erleben, dass das Letztgeborene nur noch die vom Tisch gefallenen Brotkrumen abbekommt«, stichelte Hannah über Dagmar. »Mein Vater, als mittelloser Betriebsleiter einer Produktionsstätte der petrochemischen Industrie konnte sich, neben seinem armseligen S-Klasse Mercedes, dem VW-Passat Variant für die am Hungertuch nagende Familie und unserer Villa mit Swimmingpool kaum leisten, eine fünfköpfige Familie anständig zu ernähren. Das hat Schwesterchen traumatisiert! Seit ihrer Vorschulzeit meint sie, sich vom Schicksal nehmen zu müssen, was ihr vermeintlich vorenthalten wurde.«

»War's wirklich so schlimm?!«, fragte Tanja mit vorgespieltem Mitleid.

»Glaube mir, es war! Stell dir vor, sie durfte nicht einmal Privatunterricht im Tennis nehmen, sondern musste sich mit den Proleten aus ihrer Klasse den Platz teilen. Schrecklich, diese Vorstellung! Komm mit, ich geb' einen aus! Hast du schon mal Kaffee mit Calvados getrunken?«

Mama Helga verwickelte derweil Dirk in ein Gespräch übers Reisen. Es war ihre große Leidenschaft und sie konnte interessant und bildhaft davon erzählen. Die Frau schien super-tough zu sein. So, wie sie von ihren Abenteuern erzählte, war sie lesbisch und niemals Pummel-Dagmars Mutter! Während Papa – neben seiner Arbeit als Manager – zu Hause sein Töchterchen betuttelte, war Mama alleine unterwegs am Amazonas gewesen! Als Dirk von seiner latenten Flugangst berichtete, gab sie ihm plausibel erscheinende Tipps, wie er diese in den Griff bekommen konnte.

»Es gibt Kurse gegen Flugangst«, wusste sie. »Nein, weißt du was? Ich habe einen guten Bekannten, der bei der Lufthansa beschäftigt ist. Ich werde einen Trip im Flugsimulator für dich organisieren! Du wirst sehen, wenn du verstehst, was da vor sich geht, dann hast du auch keine Angst mehr vorm Fliegen. Gib mir mal deine Karte, ich kümmere mich darum.«

Oma Nahse schlich um das anschließende Kuchenbuffet herum und verputzte das eine oder andere Gebäckteilchen. Im Stehen. Oma Nahse hatte Diabetes und durfte eigentlich gar keinen Kuchen essen. Also ging sie – nachdem sie den größten Kuchenhunger gestillt hatte – dazu über, keine ganzen Tortenstücke mehr zu verzehren, sondern sich nur die leckersten Teile davon abzupulen. Mokkabohnen, lecker! Marzipanröschen, extra-lecker! Als das Brautpaar schließlich die Hochzeitstorte anschneiden wollte, fehlte der Marzipanbräutigam. Extra-peinlich! Oma Nahse hielt den Unterkörper der Marzipanfigur noch in der Hand und kaute selbstzufrieden. Sie hatte gar nicht mitbekommen, dass die Torte angeschnitten werden sollte. Oma Nahse war zudem schwerhörig!

Bruder Harre hatte eine ziemlich nette Frau und zwei ziemlich süße Kinder. Ole war vielleicht zehn und er umhegte seine Schwester Jana, als wäre er ihr Bodyguard. Nein – als wäre er ihr Liebhaber! Jana war sieben Jahre alt und sie konnte Ballett. Leider war das Restaurant kein Ballettsaal und so ging schon mal das eine oder andere Stück der Einrichtung, der Dekoration oder des Buffets zu Boden. Ole kümmerte sich kommentarlos darum und hielt seinem Schwesterchen somit den Rücken frei. Dirk beobachtete das gerührt und amüsiert zugleich. Nach einer Weile trat er dann mit Jana in einen Grimassen-Wettkampf, bei dem er sich ziemlich gut schlug.

»Kannst du Spagat?«, fragte sie ihn. »Ich kann Spagat!« Jana konnte tatsächlich Spagat – Dirk scheiterte mit seinem Versuch und riss dabei versehentlich ein Schälchen mit Zuckerwürfeln in die Tiefe. Es gab ein riesiges Geschepper und ein Riesendonnerwetter, insbesondere von Tanja, die das unmöglich, völlig überflüssig und zudem noch peinlich fand.

»Macht doch nichts, mir ist auch schon mal was runtergefallen!«, tröstete ihn die kleine Jana gönnerhaft. Ole sammelte die Zuckerwürfel wieder ein und sagte lächelnd: »Nichts passiert! Alles wieder wie vorher!«

Die Geschenke wurden öffentlich ausgepackt. Von den Schwiegereltern gab es eine Weltreise - zu viert, zusammen mit ihnen natürlich! In achtzig Tagen um die Welt war gestern - heutzutage schaffte man das in vierzehn Tagen.

»Ich glaube, die werden mehr Zeit im Flieger verbringen, als an irgendeinem Ort ihrer Reise!«, raunte Tanja ihren Freund zu.

»Tillmann hat auch Flugangst - hat er mir jedenfalls mal

erzählt!«, antwortete Dirk.

Als Dirks Präsent an der Reihe war, schienen die Gespräche zu verstummen und alle Gäste hoch gespannt Tillmann beim vorsichtigen Entfernen des Geschenkpapiers zu beobachten. Der Form nach konnte es eigentlich nur eine Schallplatte sein. Also eine Venyl-Schallplatte, keine CD oder so.

»Ist das eine Schallplatte?«, fragte Dagmar ungläubig. »Nee, ne? Das ist doch nicht wirklich eine Schallplatte, oder?!«

Sie warf Dirk einen Blick zu, als hätte der ihr zwei Hände voll Glibber auf den Kuchenteller gelegt. Es war eine Schallplatte!

»Wahnsinn, wo hast du denn die her?!«, freute sich Tillmann. »Mensch, *Malo – Ascención*! Die war doch schon damals eine echte Rarität, die man nirgendwo bekommen konnte! Wo hast du die denn aufgetan – das gibt's doch gar nicht!«

»Du hast ihm wirklich eine Platte geschenkt?«, fragte Tanja ihren Freund im Flüsterton. »Ich dachte, du hättest einen Witz gemacht! Wie stehen wir denn jetzt da – neben den ganzen anderen Protzgeschenken? Wer hat denn heutzutage noch einen Plattenspieler?«

Tillmann jedoch war ganz anderer Meinung.

»Weißt du, dass es wieder Nadeln für fast alle Plattenspieler gibt?«, fragte er hochbeglückt. »Ich habe noch den Lenco von damals. Habe ihn gerade erst letzte Woche durchgecheckt. Der ist noch wie neu! Wahnsinn!«

Das absolute Knüllergeschenk waren zwei lebensgroße Windhunde aus Porzellan. Dagmars beste Freundin hatte mit diesen Scheußlichkeiten bei der Braut einen Volltreffer gelandet. Sie flippte geradezu aus vor Begeisterung. Tillmann sah hilflos zu Dirk herüber.

»Die stellen wir auf die Eingangstreppe, weißt du?!«, schwärmte Dagmar.

»Toll, toll, toll!«, kam Tanja etwas zu laut über die Lippen.

Als der Brautstrauß geworfen werden sollte, verdrückte sich Tanja sicherheitshalber auf die Toilette. Sie verharrte dort fast zehn Minuten lang, doch die Hochzeitsgesellschaft hatte genügend Muße zu warten. Der Strauß wirbelte durch die Luft. Er verschwand im blendenden Licht der Abendsonne. Die anwesenden, unverheirateten Frauen und Mädchen kreischten vor Aufregung. Einen Wimpernschlag lang sah es so aus, als würde er in den ausgestreckten Armen der kleinen Jana landen. Tat er aber nicht! Tanja beobachtete die Szenerie argwöhnisch mit verschränkten Armen, und genau dort landete der Brautstrauß und dort blieb er auch noch liegen! Tanja war den verbleibenden Rest der Feier über merkwürdig still.

»Ich fand das süß, wie du mit den Kindern umgegangen bist. Neulich – bei der Hochzeit!«
Dirk blickte von seiner Tageszeitung auf und sah Tanja fragend an.

»Ich weiß, dass du Kinder liebst. Ich werde aber keine Kinder bekommen, das habe ich dir immer gesagt.«
»Warum eigentlich nicht?«
Tanja strich sich Frischkäse auf ihre Brötchenhälfte und suchte nach den richtigen Worten.

»Weil ich meine Arbeit liebe. Meine Unabhängigkeit, Reisen und das alles. Mehr, als ich jemals Kinder lieben könnte!«
Dirk hatte die Zeitung zusammengefaltet und neben sich gelegt.

»Du willst ja auch nicht heiraten. Das ist mir bekannt und das akzeptiere ich auch alles.«
»Du hast mich ja nie gefragt!«
Dirk stutze.

»Was soll denn das auf einmal heißen? Natürlich habe ich dich schon mal gefragt. Das erste Mal vor mehr als sieben Jahren. Wir waren auf Korfu und ...«

»Ja damals. Da war ich doch erst Anfang zwanzig. Wir hatten uns gerade erst kennengelernt. Ich wusste ja nicht einmal, ob ich dich am Ende unseres Urlaubs überhaupt noch lieben würde!«

»Und? Liebst du mich noch?«

»Ja natürlich! Das weißt du doch!«

»Und willst du mich jetzt heiraten?«

»Nein natürlich nicht! Ich meine, das hat nichts mit dir zu tun ... also mit uns zu tun. Es ist nur so ... hallo?! Wie kommst du denn ausgerechnet jetzt darauf, so etwas zu fragen? Ich meine, wenn wir jetzt heiraten würden, dann sähe das so aus, als würden wir das Tillmann und der dicken Dagmar nachmachen! Kommt überhaupt nicht infrage!«

Dirk nahm sich wieder seine Zeitung, trank einen Schluck von seinem Kaffee und entfernte sich gedanklich schon wieder von diesem Thema.

»Außerdem, wenn du mich so etwas fragen würdest, dann müsstest du das wenigstens ... wie soll ich sagen?! Der Rahmen müsste stimmen.«

Tanja biss von ihrem Brötchen ab. Sie nickte gedankenverloren.

»Der Rahmen müsste halt stimmen!«

Dirk blickte auf.

»Ist noch etwas Kaffee da?«

Demnächst erscheint:

MEIN UNFASSBARER SOMMER IN SIETEBÜHL

Während eines Open Air Festivals auf dem Lande, verliebt sich der siebzehnjährige Tim, Hals über Kopf, in die gleichaltrige Nele. Das Festival jedoch findet im Jahre 1975 statt! Wie ist er nur dorthin gekommen? Nun steckt Tim in einem wirklichen Dilemma. Sein Verstand sagt ihm, dass seine große Liebe bei der Rückkehr in die eigene Zeit, vierzig Jahre älter sein wird als er selbst. Sein Herz hingegen lässt ihn alle Zweifel beiseiteschieben, und sich auf eine abenteuerliche Irrfahrt durch die verheißungsvolle Nach-Hippiezeit einlassen, in der die Intensität und das völlig andere Alltagstempo einer technologischen Vorzeit herrschen.

Wann und wo das Buch erscheinen wird, erfahren Sie auf meiner Homepage oder auf Facebook:
www.andreas-tietjen.de
www.facebook.com/andreas.tietjen

Weitere Bücher von Andreas Tietjen

Bangkok Oneway

In der thailändischen Metropole Bangkok treffen drei nicht mehr ganz taufrische Damen aufeinander. Dagmars Ehemann Heinz, ein bankrotter Unternehmer, verschwindet plötzlich, die schrullige, diebische Hermine sucht ihren soziopathischen Sohn Arnim und die pragmatische Reiseleiterin Ute braucht dringend einen neuen Job. Das Auftauchen einer schrecklich zugerichteten Leiche bringt neue Dramatik in deren neu gewonnene, freundschaftliche Koexistenz in fremder Umgebung. Halbherzig betreibt der ausgebrannte Kommissar Jintalar seine Ermittlungen, die von dessen ehrgeizigen Kollegen Rangsit durchkreuzt werden.

Ein Roman, der mehr ist als ein herkömmlicher Krimi: spannend, menschlich, vertraut, lustig. Der Leser wird meinen, die Protagonisten persönlich zu kennen. Ohne dies zu überdehnen, gibt der exotische Handlungsort Einblicke in ein reizvolles Land, welches alljährlich Reiseziel für Millionen von Urlaubern ist.

Bangkok Oneway
1. Auflage März 2016 bei Begedia Verlag, Mülheim a. d. Ruhr.
280 Seiten Paperback
ISBN 978-3-9577-7068-4   Preis 15,90 €
Ebook:
ISBN: 978-3-9577-7066-0 (epub)   Preis 5,99 €
ISBN: 978-3-9577-7067-7 (Mobi)   Preis 5,99 €

DER KÄSESTURM

Immer in den frühen Morgenstunden trifft eine Gesellschaft aus verschrobenen Persönlichkeiten in eleganter Kleidung in der surreal wirkenden Kulisse des Hamburger Großmarkts zusammen. Hier können sie der Realität entfliehen, indem sie, inmitten des hektischen Marktbetriebs und umgeben von kulinarischen Köstlichkeiten, eine Selbstdarstellung üben, die mit ihrer realen Existenz nichts gemein hat.

Zufälle bestimmen das Leben des arbeitslosen Astronomen Peter Loetsch. Durch Zufall ist er Schriftsteller geworden, zufällig ist sein erster Roman für kurze Zeit zum Bestseller avanciert und das zufällige Zusammentreffen mit seinem ehemaligen Kommilitonen Ferdinand Rauterberg hat ihm den Zugang zur Manege der eitlen Lebenskünstler um den Käsehändler und Affineur Maximilian Sturm ermöglicht. Einzig Sohn Dennis mit seinen ständigen Eskapaden entlässt den Protagonisten nie ganz aus der Realität.

Der Leser nimmt Teil an dem mühsamen Kampf des Protagonisten um Anerkennung, er wird meinen, alte Freunde wieder zu treffen, und am Ende der Geschichte bedauern, Abschied von diesem illusteren Kreis nehmen zu müssen.

Der Käsesturm
1. Auflage September 2015 bei Lauinger Verlag, Karlsruhe.
214 Seiten Paperback
ISBN 978-3-7650-9112-4   Preis 13,90 €
Ebook:
ISBN 978-3-7650-2134-3   Preis 8,49 €

Dorf Guerilla

»Eigentlich wollte ich nur für ein Wochenende zurück in meine alte niedersächsische Heimat reisen, um der Hochzeit meines Bruders beizuwohnen. Seit Jahren war ich nicht mehr dort gewesen. Es war brütend heiß in Deutschland, in meiner Berliner Wohnung fast unerträglich stickig, und der nagelneue Alpha Sportwagen sollte seine erste längere Ausfahrt bekommen. Doch dann kam alles ganz anders. Allmählich – zunächst in kleinen Schritten. Anfangs bemerkte ich, dass die Straßen völlig kaputt waren, bald darauf kam mir das Verhalten einiger Leute, mit denen ich zu tun bekam, äußerst merkwürdig vor. Doch wer denkt gleich an eine Katastrophe, wenn Dinge, wie Stromversorgung, Telefon und Internet nicht in gewohntem Maße zur Verfügung stehen, wenn die Sicherheitsorgane paradoxe Handlungsweisen an den Tag legen? Als dann wirklich Blut floss, als geschossen wurde und ich nicht mehr klar unterscheiden konnte, wer Freund und wer Feind war, da war es auch schon zu spät für einen geordneten Rückzug. Nun saß ich wahrhaftig in der Klemme. Ich war auf die Hilfe völlig durchgedrehter Typen angewiesen und immer tiefer verfing ich mich in einer Art surrealen Endlosschleife.«

Dorf Guerilla

(2009) 2. Auflage: März 2014 bei Tredition, Hamburg
212 Seiten, broschiert ISBN 978-3-8495-7701-8 Preis 12,99 €
Gebundene Ausgabe: ISBN 978-3-8495-7787-2 Preis 16,99 €
E-Book: ISBN 978-3-8495-7791-9 Preis 7,49 €

Roberts Restaurant
Expats in Thailand

Das Restaurant des deutschen Auswanderers Robert Fendrich wird in der thailändischen Kleinstadt Sisaket zum Anlaufpunkt der in der Umgebung ansässigen Ausländer. Durch die thailändischen Gesetze zur Untätigkeit gezwungen und mit kaum überwindbaren sprachlichen und kulturellen Verständigungsproblemen konfrontiert, bilden sie in der Fremde eine fragile Schicksalsgemeinschaft. Die unterschiedlichen Geschichten dieser »Expats« zeigen dem Leser die Integrationsprobleme von Auswanderern, die ihren Alltag in einem vermeintlichen Paradies fristen.

Die Spanne der Erlebnisse reicht vom langsamen Abstieg des Schweizer Bahnpensionärs Walter in den Alkoholismus, über die Ausflüge des melancholischen Mopedfans Ruud, bis zur lustig-absurden Odyssee des Japaners Kiyoshi.

(2007) 2. Auflage 2015
224 Seiten, broschiert
ISBN 978-3-7347-5783-9 Preis 8,99 €
Ebook: ISBN 978-3-7386-7435-4 Preis 4,99 €

Tod am Mekong
Eine Thailand Road-Story

Was als ein erholsamer Badeurlaub auf der Ferieninsel Phuket geplant war, entwickelte sich für den Hamburger Architekten Thomas Defries zu einer turbulenten ›Road-Story‹ quer durch Thailand, bis in den äußersten Nordosten des Landes, den Isaan. Ein Junkie, ein cholerischer Manager, ein thailändischer Hotelboy und, nicht zuletzt, eine Gangsterbande aus Bangkok kreuzen dabei ständig ihre und seine Wege.

(2005) 2. Auflage 2015
228 Seiten, broschiert
ISBN 978-3-7347-5784-6 Preis 8,99 €
Ebook: ISBN 978-3-7386-7447-7 Preis 4,99 €